双葉文庫

おれは一万石

囲米の罠

千野隆司

目次

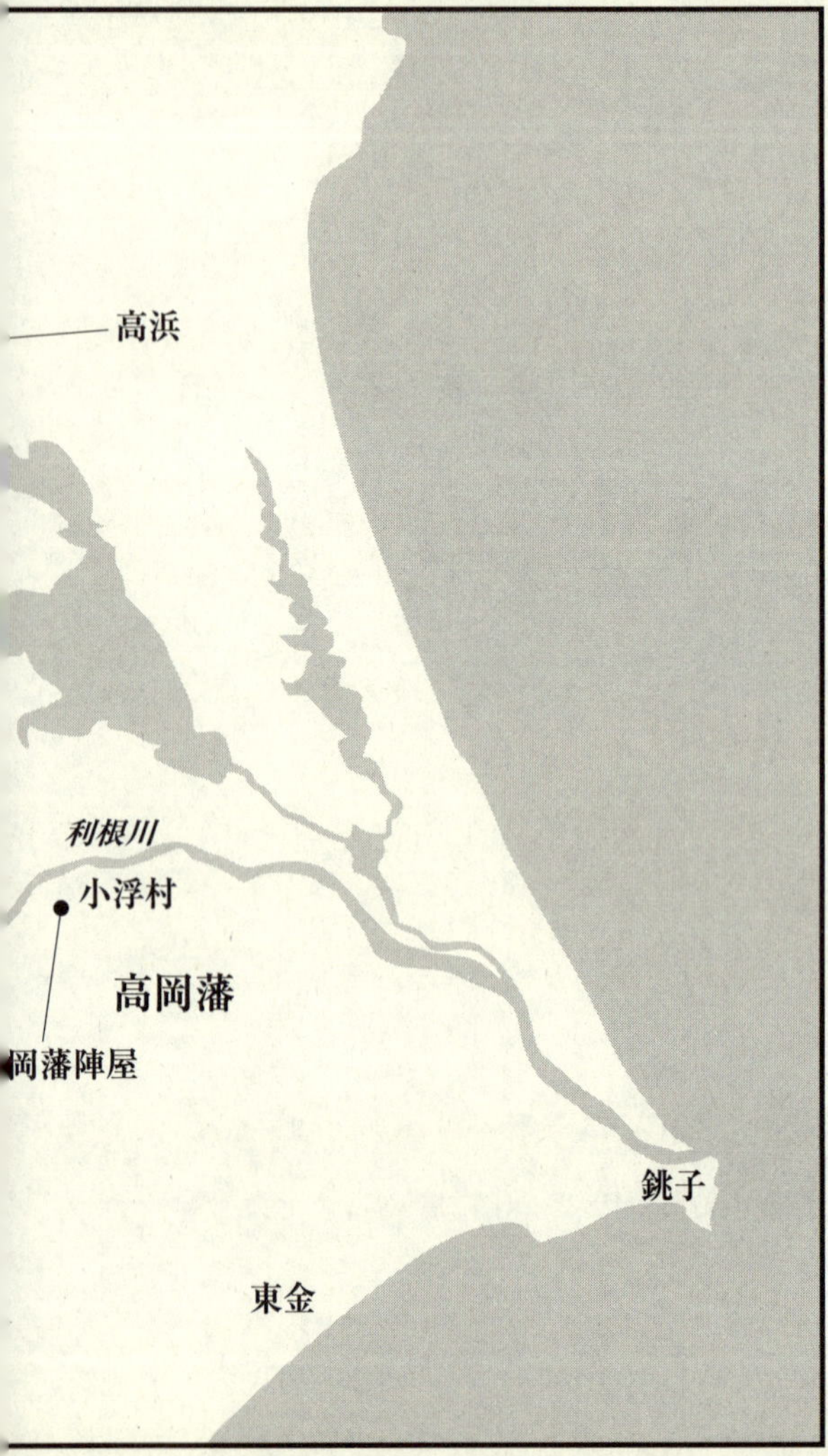
高浜
利根川
小浮村
高岡藩
岡藩陣屋
銚子
東金

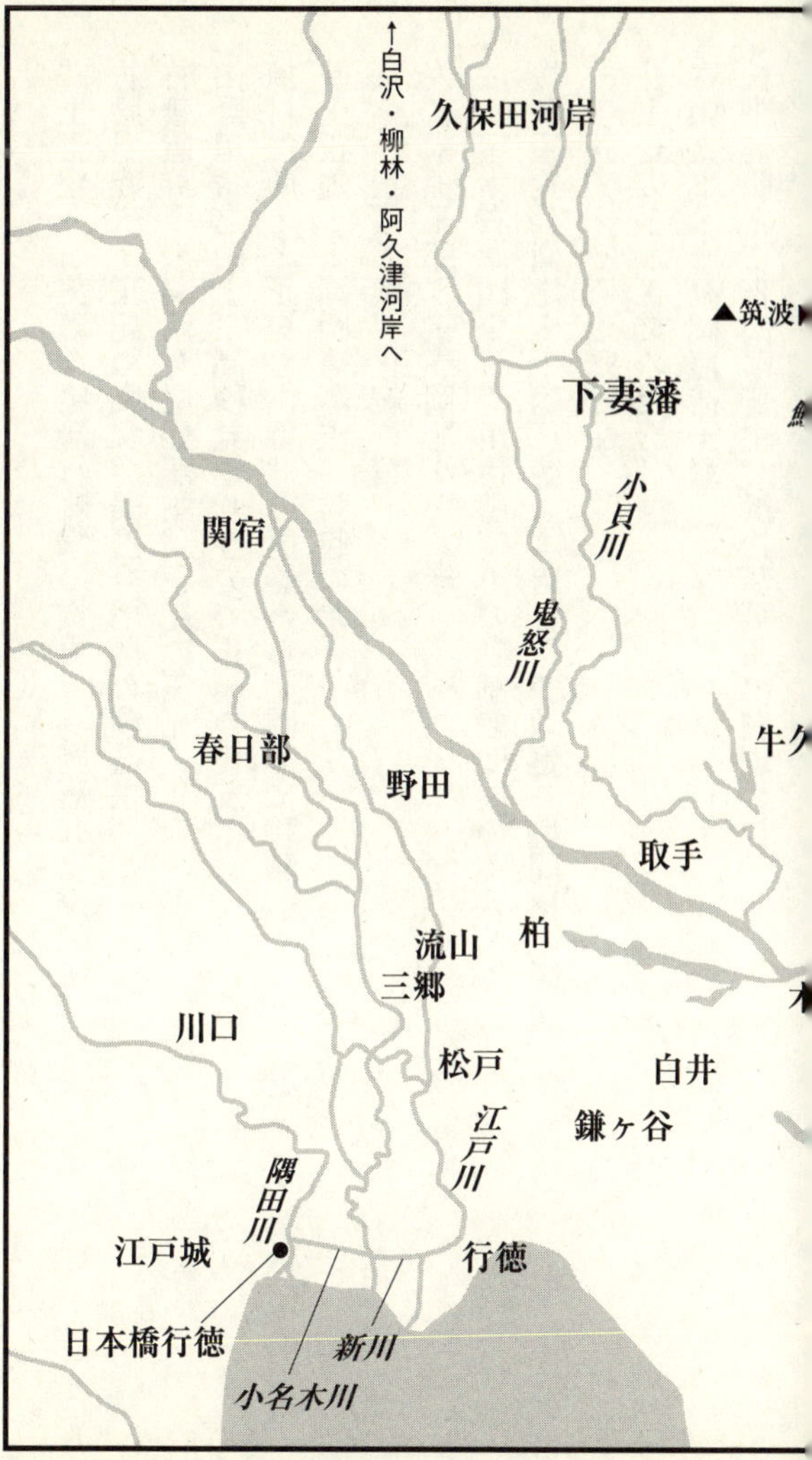

↑白沢・柳林・阿久津河岸へ
久保田河岸
▲筑波
下妻藩
小貝川
関宿
鬼怒川
春日部
野田
牛久
取手
流山
柏
三郷
川口
松戸
白井
江戸川
鎌ヶ谷
隅田川
江戸城
行徳
日本橋行徳
新川
小名木川

おもな登場人物

井上正紀……美濃今尾藩竹腰家の次男。高岡藩井上家世子。
竹腰勝起……正紀の実父。美濃今尾藩の前藩主。
竹腰睦群……美濃今尾藩藩主。正紀の実兄。
山野辺蔵之助……高積見廻り与力で正紀の親友。
植村仁助……正紀の供侍。今尾藩から高岡藩に移籍。
井上正国……高岡藩藩主。勝起の弟。
京……正国の娘。正紀の妻。
佐名木源三郎……高岡藩江戸家老。
濱口屋幸右衛門……深川伊勢崎町の老舗船問屋の主人。
桜井屋長兵衛……下総行徳に本店を持つ地廻り塩問屋の隠居。
井上正棠……下妻藩藩主。
井上正広……正棠の長男。
青山太平……高岡藩徒士頭。
松平信明……吉田藩藩主。浜松藩藩主の義理の叔父。

おれは一万石

囲米の罠

前章　落慶法要《らっけいほうよう》

一

空から、数羽の小鳥の囀《さえず》りが降ってくる。「チッチッ、チロチロ」と賑《にぎ》やかだ。井上正紀《いのうえまさのり》は、空に目をやった。

春の青い空の下で、雀《すずめ》よりやや大きい濃い栗赤色の小鳥が舞っている。眉《まゆ》と頬《ほほ》が白かった。頬白《ほおじろ》で、近頃よく鳴き声を耳にするようになった。

その数羽の小鳥が、大きな建物の屋根瓦《がわら》のてっぺんに止まった。新築なったばかりの、浄心寺《じょうしんじ》の本堂である。見上げていると、葺《ふ》いたばかりの屋根瓦が、日差しを跳ね返して眩《まぶ》しい。

江戸の北西、白山《はくさん》の一画になる丸山《まるやま》に境内《けいだい》を持つ浄心寺は敷地が四千坪、門前町もあって界隈では知らぬ者のない寺だ。周辺には田圃《たんぼ》の広がる一帯もあって、そう遠くないところに白山の森が見える。

この寺の檀家総代は、遠江浜松藩《とおとうみはままつ》六万石の井上家当主の正甫《まさもと》である。この寺を菩提寺《ぼだいじ》とするのは、井上家の二つの分家も同じだ。下総高岡藩《しもうさたかおか》一万石の井上家と常陸下妻藩《ひたちしもつま》一万石の井上家である。

昨年の天明《てんめい》七年（一七八七）の三月に、本家浜松藩の先代藩主井上正定《まささだ》の一周忌法要が営まれた。その折、かねてより問題になっていた本堂の老朽化が、再び話題になった。飢饉《ききん》や凶作が人々の暮らしを追い詰める世情になってはいたが、井上家を始めとする檀家の者たちは、本堂の改築を実行したいと考えた。

そして合わせて千二百両にも及ぶ巨費をかけて、改築に取り掛かったのである。

「とうとうできましたね」

正紀に声をかけて来たのは、下妻藩井上家の世子正広《せいしまさひろ》である。高岡藩井上家の世子である正紀よりも、二つ下の十八歳だ。

「まったくです」

二人は並んで、感嘆の思いをもって聳《そび》え立つ建物を見上げた。木の香が漂ってくる。

凶作が続く高岡藩と下妻藩である。藩財政が逼迫《ひっぱく》する中で行われた改築で、分家二家は費用の分担金二百両を求められた。

江戸の米は不足して、米価は上がったまま下がらない。それにつれて諸物価も上がって、市中での銭や金の動きが鈍くなった。物が売れなくなって、店をたたむところも目についたが、金はあるところにはある。それなりに寄進も得られて、改築の運びとなった。

正紀と正広も、苦心の末に分担金を調えた。本家井上家の当主正甫は年少なので、分家の世子二人が改築のための奉行役を命じられて事に当たってきた。

今日は、その落慶法要が行われる。季節は二月の中旬になろうとしていた。

「見事な出来栄えでございますな。柱も太くて立派です。節の一つも、見当たりませんね」

京橋《きょうばし》で老舗《しにせ》の足袋《たび》屋を営む中年の檀家の一人が、二人に挨拶《あいさつ》をした。極上の絹物を身につけている。改築に当たっては、高額の寄進をした者の一人だ。

「これはこれは、奥方様」

商家の檀家は、やや離れた場所にいた正紀の正室京《きょう》と、その母で藩主正国《まさくに》の正室の和《かず》にも頭を下げた。京はわずかに顎を引いただけで、頭は下げない。凜《りん》とした姿勢だった。

正紀とは二つ違いで、京のほうが年上だ。正国と和の間に生まれた姫で、正紀は一昨年の秋に、婿に入ったのである。正国は大坂定番《おおさかじょうばん》の役に就いていて、江戸にはいない。

世子である正紀が、江戸と国許《くにもと》の束ねを行っていた。

江戸家老の佐名木源三郎《さなきげんざぶろう》が、後ろ盾になって支えている。佐名木はいつも仏頂面《ぶっちょうづら》をしていて、藩政の面では正紀の考えの甘いところ、思慮の足りないところを厳しく突いてくる。その指摘には、納得がいった。煙たい存在ではあるが、信頼できる重臣だった。

正紀は、美濃今尾《みのいまお》藩三万石竹腰勝起《たけのこしかつおき》の次男として生まれた。義父となった正国は、実父勝起とは兄弟の間柄だ。二人は尾張徳川《おわりとくがわ》家八代宗勝《むねかつ》の八男と十男である。正紀は実父の弟、つまり叔父の家に婿に入った。

竹腰家は、兄の睦群《むつむら》が継いで当主となっている。竹腰家は、代々尾張徳川家の付家老《つけがろう》の役目を務める家なので、すでに睦群はその任に就いていた。

正紀も、尾張徳川家の一門の一人という身の上だ。

そこへ武家の行列が山門を潜って入ってきた。二丁の駕籠《かご》で、後ろのは女駕籠だった。家紋で、三河吉田《みかわよしだ》藩松平《まつだいら》家の行列だと分かった。

境内にいた者たちは、迎える態勢を整えた。駕籠から降り立ったのは吉田藩藩主の松平信明《のぶあきら》と正室の暉《てる》である。

暉は先々代の浜松藩藩主井上正経《まさつね》の娘で、当代藩主正甫の叔母に当たる。浄心寺には深い思い入れがあるらしく、本堂改築の折には松平家より多額の寄進があった。そして、暉の意を受けた信明が、顧問格として普請《ふしん》に関わった。

そのために正紀や正広は、助力を得たこともあった。

「これはこれは松平様。ようこそのお越し、恐悦《きょうえつ》に存じます」

浜松藩の江戸家老建部《たてべ》右近《うこん》が、駆け寄って頭を下げた。近しい縁戚に当たる者だし、三河吉田藩は七万石の大名だ。

高岡藩や下妻藩とでは格が違う。

浜松藩の縁戚にあたる旗本や重臣、下妻藩藩主の正棠《まさき》といった者たちが出迎えた。そして檀家の大店《おおだな》老舗の主人たちも、離れたところで低頭した。下にも置かない扱いである。

それは信明が、今を時めく老中首座松平定信《さだのぶ》の片腕として、幕閣の中心に上り詰めようとしている存在だからだった。将軍家斉《いえなり》公の信頼も厚いとされる。これまで奏者《そうじゃ》番《ばん》を務めていたが、今月の二日に御側用人《おそばようにん》に昇進した。そう遠くないところで、老中にもなるだろうと噂《うわさ》されている。

まだ二十六歳という若さでだ。

「重いお役に就かれ、祝着《しゅうちゃく》至極に存じまする」

下妻藩の正棠が、昇進を祝う言葉を述べた。口元に、愛想《あいそう》笑いがある。

「いやいや。身命を賭《と》して、役目に励むばかりでござる」

信明は、怜悧《れいり》そうな目を向け言葉を返した。しかしにこりともしない。冷ややかな眼差しのまま、丁寧な挨拶を返したのだった。

これは正棠に対してだけではない。正甫にも、正紀や正広にも同じ対応をした。

高岡藩では、昨秋領地の飛び地で一揆が勃発した。正紀はこれを鎮静化させたが、その処置について、信明は手ぬるいとして不満を持っていた。藩の政策や領民に対する施策について意見が合わない。しかし敵対しているというのとも違った。

浜松藩藩主の正甫と浄心寺住職仲達《ちゅうたつ》が、庫裏《くり》の控えの間へ信明を案内した。

暉には、一門の妻女が挨拶をする。京は幼い頃から井上本家の奥には出入りをしていたので、暉とは幼馴染《なじみ》である。とはいえ昵懇《じっこん》といった間柄ではなかった。

交わした挨拶も、儀礼的なものだった。

そして新たな賓客《ひんきゃく》があった。これにも正甫を始めとする一同が出迎えた。駿河沼《するがぬま》津《づ》藩六万石の藩主水野忠友《みずのただとも》である。歳は五十八歳で鬢《びん》に白いものが見えるが、矍鑠《かくしゃく》としている。

松平定信らと共に、老中職を務めていた。

水野も、浄心寺の普請については計画の段階から関わりを持っていた。檀家ではないが、信明との関わりで寄進もした。現れて不思議な人物ではない。

「見事な出来栄えでござるな」

駕籠から降りて本堂を見上げ、出迎えた正甫と仲達に言った。感服するふうを見せている。

水野は表面《おもてづら》は悪くない。

「普請の奉行役、ご苦労であった」

正紀と正広にも、声をかけてきた。

調子のいい御仁《ごじん》だ、と思いながら正紀は頭を下げる。一揆の折には、信明と共に、高岡藩の処置の甘さを責めた。昨年末に松平定信は、東北や関八州《かんはっしゅう》に、江戸への廻《かい》米《まい》を命じた。米価を下げる目的で行われたものである。だが水野は、一揆のあった高岡藩と常陸の府中《ふちゅう》藩二万石には、他の藩と比べて倍の量を用意するように告げてきた。

支度《したく》できたからよかったが、できなければさらに責めてきたはずだった。

水野は、失脚した田沼意次《たぬまおきつぐ》一派の残党といっていい。勝手方老中として、田沼と共に政策を練ってきた。権勢を振るったわけだが、定信の時代になって状況が変わった。いつ幕閣から追われるか分からない立場に立たされたのである。

田沼意次の失脚については、尾張徳川家と水戸《みと》徳川家が果たした役割は大きいとされている。表向きには不満や恨みを告げることはないが、根には消しがたい怒りがあるのは確かだと感じていた。

正紀は尾張徳川家の一門で、府中藩は水戸徳川家の分家で連枝《れんし》という立場にある。意趣返しを謀るには、都合のいい相手といえた。

そして水野は、近頃は水戸徳川家のもう一つの分家守山《もりやま》藩二万石に秋波《しゅうは》を送り始めていた。老中の地位を守るために、水戸藩に近づこうとしている気配があった。

参列者が揃ったところで、本堂落成の法要が始まる。集まった者たちは、本堂内に着座した。線香のにおいが鼻を衝いてくる。

本山からやって来た僧侶なども、顔を揃えていた。

すでに本尊である仏像は安置され、九条《くじよう》袈裟《けさ》を身につけた仲達が本尊に魂を入れる開眼法要が始まる。また普請の完成を祝って、御仏に改築の主旨を記した表白《ひようびやく》を仲達が読み上げる。

　法要は、厳粛な雰囲気の中つつがなく進む。

「ようやく、お役目を果たしたな」

　読経の声を耳にしながら、正紀は胸の内で呟《つぶや》いた。資金を調達し、江戸まで材木を運んだ。その折々の場面が、頭に浮かんだのである。

二

　すべての法会《ほうえ》が済んで、一同は庫裏へ移って宴席となる。武家と町人は部屋を分けるが、商人の中には武家の部屋へ行って挨拶をしながら酒を注ぐ者がいる。

　本堂が改築された喜びは、武家も町人もない。有り余る金子があって寄進をした者ばかりではない。暮らしを切り詰めて出した者もいる。普請奉行役を務めていた正紀には、そのあたりの各家の事情はよく分かっていた。

　松平信明は、この宴席には顔を出さなかった。

「所用がある」

　として法会後すぐに引き上げた。

水野忠友は宴席に顔を出し、檀家総代の正甫の隣の座に就いた。どのような状況であれ、老中の職にある者だから、この機会に挨拶をしておこうという者は少なくない。

しかし長居はしなかった。四半刻（三十分）ほどで席を立った。

そのまま宴は続き、一刻（二時間）余りで閉じられた。正紀は京や江戸家老の佐名木源三郎らと、下谷広小路《したやひろこうじ》の高岡藩上屋敷へ戻った。

正紀はもちろん、家臣たちは重荷を一つ下ろした気持ちになっている。

着替えを済ませたところで、正紀は御座所で佐名木や勘定頭の井尻又十郎《いじりまたじゅうろう》、徒士《かち》頭《がしら》の青山太平《あおやまたへい》といった江戸藩邸の重臣たちと話をした。

「信明様は、所用があると法会後すぐに引き取られました。どのような御用がおありなのでしょうか」

青山が口にした。気になっていたらしい。御側用人になって、信明は多忙さが増した様子に見える。

「天明になって、打ち続く飢饉凶作に百姓町人は苦しめられておる。もちろん我らも同様だ。二割の禄米の借り上げが、毎年のように続いている」

と応じたのは、井尻だ。昨年領内で一揆が起こったのも四公六民だった年貢割合を、五公五民にしたことが根っこにある。江戸では米価が高止まりして、下がる気配は一向にない。

むしろさらに上がるのではないかと、市井《しせい》の者たちは怖れていた。

「昨年末に出た、定信様の江戸廻米の触《ふれ》は、江戸に米を集めることで米価を下げようという施策でござったが、うまくいってはござらぬ。信明様はその施策を進めるお立場ですからな、御用が多いのではなかろうか」

井尻は続けて言った。

「あの廻米は、厳しいものでございました」

青山が口にした。他の者たちも頷いている。

高岡藩は表高《おもてだか》一万石でも、利根《とね》川に接した領地で水利には恵まれていた。平作時ならば、一万二千石ほどの収穫が見込めた。しかし凶作で、七割程度の収穫しかできない年が続き、藩財政は逼迫していた。

土地柄新田開発が難しいので、正紀はさびれていた利根川の高岡河岸《かし》を活性化させようと考えた。船着場や納屋《なや》を充実させ、利根川による物資の水上輸送の中継地として利用させ、運上金《うんじょうきん》や冥加《みょうが》金を得て収入を増やそうとしたのである。河岸場《かしば》が賑やかになれば雇用も生まれ、百姓たちの暮らしも救われる。

下り塩や龍野《たつの》の淡口醬油《うすくちしょうゆ》などが、高岡河岸に置かれるようになって、ほっと一息ついたところで、浄心寺の改築や廻米の触《ふれ》が出て、藩は右往左往した。高岡藩は、二百俵もの廻米を命じられたのである。

青山は、改築の材木や廻米の輸送で命懸けの働きをした。そして廻米では、配下の者の命を失っている。公儀の廻米に関する施策の実行については、大きな関心を持っていた。

「廻米は、府中藩や高岡藩だけでなく十数藩が昨年中に行ったと聞いている。年が明けてからも、運ばれている。当家のような百俵二百俵ではない量の藩もある。それなりの俵数になったはずだが」

それでも、米価を一気に引き下げるほどではないだろう。しかし下がる兆《きざ》しくらいは見せてもいいのではないかと、正紀は考える。

「江戸廻米の触《ふれ》は、昨年の十二月に出されただけではありませぬ。定信様が老中になる前の三月や五月にも、藩を特定して廻米の触《ふれ》が出ておりました。越後高田《えちごたかだ》藩、白河《しらかわ》藩、二本松《にほんまつ》藩、会津《あいづ》藩などの東北諸藩です」

「そういえば、大坂城の城詰米《しろづめまい》も江戸への廻送が命じられたな」

これは大坂定番を務める舅《しゅうと》正国からの文で知った。城詰米は、大坂城の兵糧米の役割も果たす、軍事上の重要物資だ。それを江戸へ回してしまうのは、太平の世だから許されるとしても、きわめて異例な話である。

　これは幕閣が、江戸の米価上昇に危機感を持っている証《あかし》といっていい。江戸で打ち壊しが多発すれば、将軍家の威光は地に落ちる。

　佐名木は、言葉を続けた。

「会津藩にしろ二本松藩にしろ、大藩ですから廻米の量も百俵や二百俵というものではありませぬ。しかも米の出来は、当家や周辺の諸藩よりもきわめて悪い状態で、飢饉といって差し支えありませぬ」

「うむ」

「それでも廻米を集めました。さぞかし手間取ったことと存じます。そのために、百姓から餓死者も出たと聞き及びます」

　それを聞くと、胸が痛くなる。誰も声を出さず、佐名木の次の言葉を待った。

「江戸へ運ばれつつありますが、江戸への物資輸送では、水路を使えない土地もありますので、手間がかかります。馬や荷車に積んで、険阻《けんそ》な山道を進むのは大仕事です。二本松藩の廻米などは、まだ江戸に届かぬと聞きまする」

「なるほど。しかし届いた米も、それなりにあるであろう。なぜそれが、米屋の店頭に出ぬのか。そこが腑に落ちぬ。店頭に出続ければ、米価は間違いなく下がる。信明殿も、心安らかになられるのではないか」

「それはそうですが」

佐名木は、ここで一つため息を吐《つ》いた。

「おそらくそれは、廻米を買い入れた米商いの者が、囲米《かこいまい》として隠してしまうからではないでしょうか」

「ううむ、囲米か」

もともとは軍事目的の兵糧米をさした。しかし時代を経るにしたがって、災害対策や飢饉対策、そして米価調整のために行う備蓄をいうようになった。

「囲米は、豊作でだぶついた米を市場から引き上げることで、不当な安値になるのを防ぐ。そして品薄で高値になった場合には、囲っていた米を出すことで高値を抑える役割を担っていたはずだ」

正紀は囲米を、米価を安定させるための施策の一つだと受け取っていた。

「さようでございますが、仕入れた者が己の金儲けのために米を囲って、市場に出さなければ値は動きませぬ」

井尻が口を出した。

「廻米を、買い占めているわけだな」

「許せぬ話です」

正紀の言葉に、青山が続けた。憤《いきどお》っている。

青山にとっては、大きな犠牲を払って集め運んだ廻米である。だからこそ米価の安定に役立ってほしいのだ。一部の者の、金儲けの道具にされてはかなわない。

「しかしなぜ、江戸に運ばれた米が市中に出回らぬのか。囲米などさせずに、吐き出させればよいではないか」

これは正紀の疑問だ。青山も頷いている。

「それは、それがしが思うところでござるが」

佐名木はどう話すか、わずかに迷うふうを見せてから口を開いた。

「昨年四月に、家斉公は将軍職にお就き遊ばされた。そして間を置かぬ五月に、町奉行所は三度目の米穀売買勝手令を発しました。当然、将軍家や老中となる定信様の意向を受けてのことでございましょう」

この達しが出ているのを、耳にしてはいた。しかし正紀は、詳しい理解をしていなかった。

「この米穀売買勝手令の目当ては、上方米や関東、東北の米の荷受けを、問屋や仲買に限らず米穀商人以外の者にも許して、西国からの下り米や地廻り米の江戸入津《にゅうしん》を促《うなが》すというものでありました」

「米商いの者だけでなく、誰にでも売買をさせることで、入津量を増やし米価の高騰を抑えようとしたわけだな」

「さようで。江戸への廻米も、それを受けての施策でございました」

江戸へ運ばれた廻米も、その勝手令の中で売買が行われている。

「誰にでも米を仕入れることができるようになれば、確かに入津量は増えるであろう。江戸の米問屋が行き届かぬところからも、仕入れができるであろうからな」

「しかしそうなると、米を扱う者が多すぎて、誰がどれほど仕入れて売ったか、はっきり押さえることが難しくなります」

「米が隠される虞《おそれ》が、出てくるわけだな」

「定信様のなされる施策は、道理からすれば間違ってはおりませぬが……」

ここまで言ってから、井尻は言葉を吞み込んだ。

定信の施策は、理論的には間違っていないが、現実を踏まえない不確かなものだと言いたいらしかった。異業種の者が、米商いに手を出すのは、定信の施策に共感し米価を抑えようとする者だけではない。米価高騰に乗じて、一儲けしてやろうという輩《やから》も少なからず含まれている。

仕入れた米が、さらに値上がりをすると踏めば、売らずに囲っておくことも厭わないだろう。施策には、商人の動きを踏まえていないという漏れがあった。

「聡明な信明殿は、その落ち度に気づかぬのであろうか」

正紀はそこが気になった。

「信明様も、世間知らずの若殿様では」

青山は、乱暴なことを口にした。

定信も信明も、一度出した触《ふれ》は、公儀の威信にかけても徹底して行おうとする。漏れに気づけば補おうとするはずだが、そのあたりは正紀には見えていなかった。

第一章　怪しい店

一

正紀は、家臣の植村仁助《うえむらにすけ》を伴って下谷広小路にある高岡藩上屋敷を出た。昼下がりの日差しは心地よい。

「どこからか、沈丁花《じんちょうげ》がにおってきますよ」

植村が、鼻をうごめかせながら言った。今年初めてかぐ、馥郁《ふくいく》とした香気だ。季節は、少しずつ移り変わって行く。

「早いですね。井上家に入って、そろそろ一年半になります」

植村が言った。

「おお、そうだな。いろいろなことがあった」

正紀は口ではそう言ったが、すべてがあっという間の出来事だった。

植村は元今尾藩士で、正紀の婿入りに従って高岡藩に移った。巨漢で、膂力《りょりょく》は人一倍ある。しかしその分動きが鈍くて、剣術の方はまるで駄目だ。しくじりを正紀に庇《かば》ってもらった経緯《けいい》があるので、それを恩義に感じている。浄心寺の材木運びでも、一揆の折にも、骨惜しみをしないで働いた。

御座所で佐名木らと、米価が一向に下がらないという話をした。それを己の目で確かめるべく、正紀は屋敷を出たのである。

まずは、神田《かんだ》界隈へ行った。

人通りは、少なくない。しかし身につけている着物は、洗いざらした古びたものが多い。若い娘でも、鮮やかな色彩の着物姿は、とんと見かけなかった。店頭に、商品を山積みにして売っている店もない。

「旦那、駕籠はいかがですかい」

町木戸の脇で、客待ちをしている駕籠舁《か》きに声をかけられた。他にも何丁かの空駕籠の脇で、男たちが退屈そうにしている。

「客は、少ないのか」

「へい。皆、駄賃を惜しんで歩いちまうんですよ。米の値が上がって、他のものの値も上がっちまった。でもだからって、こちとらの手間賃を上げたら、乗り手はますますいなくなる。踏んだり蹴ったりでさあ」

中年の駕籠舁きは、ぼやいた。

「ええっ、米を食ったかですって。そんなもん麦や雑穀、芋や大根の中に交っているのを見るだけですよ」

駕籠舁きと別れて、舂米屋《つきごめ》の前に行った。裏店《うらだな》暮らしの者は、ここで玄米や精米した米を、百文の銭で買う。俵で米を買うのは、人数の多い大店や職人の親方の家、食い物商いの者くらいである。

店の中を覗くと、半紙に米の値が記されていた。

「百文で、三合とありますよ。麦も百文で一升を買えませんね」

植村が驚きの声を上げた。

「うむ。平年ならば、米でも百文で一升二合は買えるわけだからな」

異常な高値というしかなかった。

念のため、他に何軒か回った。おおむね同じような値をつけていた。

店先にいた若旦那ふうに問いかけをした。

「各地から、江戸への廻米があったと聞くが、値は下がらぬのか」

「はい。廻米の触《ふれ》があって、しばらくして米が出ました。ですがすぐに品がなくなりまして」

「売れたのならば、よいではないか」

「そうなんですが、もともと出回る量が少なくて、話になりませんでした」

年末から年始の書き入れ時に、入荷したのは十五俵だけだった。高岡藩の廻米を、江戸に運び入れた頃の話だ。

「焼け石に水でした」

とため息が出た。

神田界隈を巡ってから、日本橋《にほんばし》界隈にも入った。すると大通りに、人だかりがあるのに気がついた。そこから怒声《どせい》が聞こえる。

正紀と植村は近寄った。油屋の前で、二十歳《はたち》前後のお店者《たなもの》が、地廻りふうの男二人に絡まれていた。

「おい、どうしてくれる」

肩を押されると、体がぐらりと揺れた。小柄で胸も薄く肩幅もない男だ。いかにもひ弱で、丸眼鏡《まるめがね》をかけている。手には帳面と筆を持っていた。

地廻りふうの男と、肩でもぶつかったのかもしれなかった。あるいは何かで因縁を吹っかけられたのかもしれない。

「あれは、両替屋の房太郎《ふさたろう》ではありませんか」

目を凝《こ》らした植村が言った。

「おお、確かにそうだな」

忘れられない顔と体つきである。日本橋本町《ほんちょう》三丁目に店を持つ両替商熊井《くまい》屋の跡取りである。物の値動きに、驚くほど詳しい。毎日のように町に出て、個々の値の移り変わりを調べて帳面に書き留めていた。

熊井屋は本両替ではなく、金銀銭の三貨の両替を専《もっぱ》らにする脇両替の店だった。買い物は銭でするが、店同士の支払いは銀でする。品の値動きによって、三貨の相場が変わる。そこをいち早く見抜いて、房太郎は利を得ていた。

見るからに軟弱な風貌だが、ものの値の上がり下がりを、正確に見抜く目を持っている。浄心寺の二百両の分担金を作るにあたって、世話になった。変わり者の両替屋の若旦那である。

「ありゃあ房太郎の方が値調べに夢中になっていて、うっかりぶつかったんですよ」

しようのないやつだという響きで、植村は言った。

「そうかもしれぬが、しこたま殴られるぞ」

それも可哀相な気がした。

正紀と植村は、野次馬《やじうま》を掻き分けて三人の傍へ立った。すでにこのときには、房太郎は数発殴られている様子だった。唇の端が切れて血が滲んでいる。

「まあ、そのくらいでよかろう」

植村は、房太郎の胸倉をつかんでいる男の腕を捩《ね》じり上げた。

「痛てて っ」

男は悲鳴を上げ、驚いたような目を向けた。いきなり現れた相撲取りのような巨漢の侍に怖れをなしている。

「やっ」

植村がそのまま体を突き押すと、男は半間（約九十センチ）ほど先まで飛ばされて尻餅《しりもち》をついた。その隙に植村は、房太郎のぺらっとした体を肩に担っている。

「ではな」

そう言い残すと、二人の男たちから離れた。男たちは、追っては来なかった。

三つ離れた町まで行ってから、植村は房太郎を肩から下ろした。

「相変わらずだな」

「面目ない」

正紀の言葉で、房太郎は頭を掻いた。知り合ったきっかけも、房太郎が人にぶつかった仕返しに痛い思いをさせられている場面でだった。

「お久しぶりですね」

およそ一年ぶりだ。懐かしそうに房太郎は頭を下げた。

周囲を見回すと、甘味屋が目についた。

「汁粉でも食わぬか」

と言うと、嬉しそうに頷いた。

店に入って汁粉を注文してから、昨年来の米価の動きについて尋ねた。

「米の値は、諸物価の基本になるものですからね、いつも気をつけて見ています」

各店の入荷の様子や売れ具合など、毎日記録をしているそうな。雪が降っても、炎天の日でも休まない。体はひ弱でも、性格はしぶとかった。

「米が店に並ぶのは、廻米があった直後だけです。量は知れていますから、安値にならなくても、売りに出るとすぐに買い手が殺到します」

求める者の方が圧倒的に多い、売り手市場になっている。

「それに、米の値は調べにくくなっています」

運ばれた汁粉を、うまそうに啜った。甘いものには目のない男だ。

「米穀売買勝手令が出て、金さえあれば、誰でも米を仕入れられるようになりました。米商い以外の者が買い入れて、金儲けの材料にしています」

誰が買ったのか分かりにくいから、調べにくいのである。これまでならば、問屋や春米屋へ行けばよかった。

「買った米を、店頭で売ることもありますが、小売りに卸したり囲い込んで値上がりを待ったりしています。しかし米屋ではありませんから、仕入れているかどうかは、私らには噂で聞くか、荷運びの場を目にするかしなければ分かりません」

「その方は、買った米を囲い込んでいる者が多いと見ているわけだな」

「どこの藩が、どれほどの廻米をしたか。それは各藩の渡り中間《ちゅうげん》や荷運び人足などからでも、聞き出すことができます。実際にその量が江戸に入っているならば、米はもっと出回るはずですが、そうではありません」

「なるほど」

腹立たしいが、儲けようとする者の行動としては分からなくはなかった。植村も怒っているが、房太郎は平然としている。話しながら、すでに汁粉を平らげてしまっていた。

正紀は、もう一杯注文してやる。

房太郎は、それで相好《そうごう》を崩した。商人である房太郎にとって、米は一つの商品でしかない。商いの流れの中で扱われ、利益を得る対象だ。値動きは、その流れの中で当然のこととして受け入れ、自分はどう対処するかを考える。

そこには悪意もないし、正義感もない。商いだからだ。

「では尋ねるが、例えば江戸に四、五千俵が入り、それが一斉に売り出されたらどうか」

「さあ、どうでしょう」

その程度では、という口ぶりだ。新たに運ばれた汁粉を口に運びながら、房太郎は続けた。

「今年の、米の出来の見込みによって変わりますね。昨年よりもよいとなれば、その量でも引き金になって値は一気に下がります。売り逃げようとする者も現れますから、どこかに囲い込んでいた米も店頭に出てくると思います」

今年の米の出来は、まだ誰にも分からない。作柄が見えてこない間は、高値は続くだろう。

「また、いろいろと教えてくれ」

「はい。おふくろは、前にいただいたかすていらが好物でしてね。また食べたいと言っています」

汁粉だけでは、満足しないらしい。催促された。なかなかのしっかり者だ。

痛い目に遭わされたばかりの房太郎だが、汁粉二杯を食べていつもの調子を取り戻したらしかった。

二

「まだ調べなくちゃならないことが、ありますんで」

汁粉の礼を口にすると、立ち去って行った。

正紀は、植村に手伝わせて北町奉行所の高積《たかづみ》見廻り与力山野辺蔵之助《やまのべくらのすけ》を捜す。

高積見廻り方は、市中の各商家が通りに置いた荷を高く積み過ぎていないか見回る仕事だ。防犯や通行の邪魔《じゃま》になる行為を取り締まるのが目的だが、仕事柄出し入れされる荷の動きにも目を光らせることになる。

そこで米の入荷の様子について、聞いてみようと考えた。

山野辺とは同い年で、麴町《こうじまち》にある神道無念流《しんとうむねん》戸賀崎暉芳《とがざきてるよし》の道場で剣術を学んだ、幼馴染である。共に腕を磨き、免許を得た。互いに生きる道が違って稽古に汗を流すことも少なくなったが、会えば嬉しい相手でもあった。

「このあたりに、高積見廻り方は来ていないか」

木戸番小屋の番人に問いかける。

「昨日、お見えになっていました。今日は京橋《きようばし》あたりじゃないですか」

そうやって聞いていき、行き場所を探り当てる。半刻（一時間）ほどで出会うことができた。

「苦労をして運んだ廻米だからな、行方が気になるのは当然だ」

正紀の話を聞いた山野辺はそう言った。高岡藩や府中藩の廻米輸送では、山野辺にも力を貸してもらっている。

「廻米の触《ふれ》が出て、確かに昨年の暮れから正月にかけて、米の入津はそれなりにあった。ご府内の主だった河岸は、一時は荷下ろしで賑わったからな」

そういう折には、顔出しをした。しかし無暗《むやみ》な荷積みをするほどの量ではなかったと付け足した。

「その荷は、どうなったのか」

「あっという間に消えたぞ。行方は知れぬ」

米の行方を探るのは、山野辺の仕事ではない。そこで諸問屋などの商業活動全体を監督する部署はないのかと聞いた。

「市中取締諸色調掛《しちゅうとりしまりしょしきしらべがかり》という部署がある。その掛の与力に、引き合わせよう」

と山野辺は言った。北町奉行所が米担当で、南町奉行所が魚青物の受け持ちだという。都合がよかった。

三人で、呉服《ごふく》橋門内の北町奉行所へ行った。紹介されたのは白川一之進《しらかわいちのしん》という、四十歳前後の堂々とした体軀の与力だった。

白川は正紀を一万石の大名家の世子として対応をした。正紀は廻米の行方に、関心があることを伝えた。

「廻米の販売については、お奉行より念入りに当たれと申し付けられておりまする」

定信の重要政策だから、町奉行も力を入れていることがうかがえた。

米を卸した者は、町奉行所へいつどこの米を、どこの誰に売ったか報告する。これまでならばそれで終わりだったが、その先の米の行方も探れというのが市中取締諸色調掛への達しだった。

「これは、御側用人松平信明様のお考えを汲んでのものと思われます」

「そうですか」

やはり信明は、そのままにはしていなかったのだと知った。

江戸への廻米は、高岡藩が関わった十二月前にもあったこと、会津藩や二本松藩などの東北諸藩や大坂城詰米なども対象になったことなど聞いた。先に聞いた佐名木の情報は、正確なものだった。

「大坂では城詰米だけでなく、米穀市場より一万石を超す廻米が命じられていましたが、それは彼の地での混乱を呼んでいます。江戸よりもさらに酷い米不足になって、各地で打ち壊しが頻発しました」

「食えぬとなれば、人は何でもするだろうな」

そう言うと、大食漢の植村も頷《うなず》いた。正紀の頭には、昨年秋に領内で起きた一揆のことがある。その一揆に加わった者たちの兵糧を、私《わたくし》した百姓がいた。悪意があってというよりも、家族が食えなかったからだ。

「したがって大坂からの廻米は、充分なものにはなっておりませぬ」

「東北諸藩からの廻米も、集まらぬのではないか」

餓死者が出たという佐名木の言葉を思い出しながら正紀は問いかけた。

「集めるのにも難渋《なんじゆう》したと存じますが、それだけではありません。輸送も困難をしております」

「まだ届かぬのであったな」

「はい二本松藩や会津藩などは、千俵以上が届いておりません」

「あのあたりだと、鬼怒《きぬ》川を使うのか」

利根《とね》川や江戸川、鬼怒川などを中心にした水上輸送には詳しくなったが、その以北となると、正紀にとっては未知の土地だった。

「さようですが、鬼怒川の河岸場まで運ぶのがたいへんです。会津藩も二本松藩も、陸奥《むつ》国安積《あさか》郡内から米を運びますが、安積筋は険しい山道になっております。多数の人馬の動員がなければ、大量の輸送はできませぬ」

馬や荷車に積んでの大量輸送は、手間と経費がかかって難しい。米は人の暮らしになくてはならないが、重くてかさばる物資でもあった。

水上輸送があって、初めて短期日での大量輸送が可能になった。

会津藩や二本松藩が江戸へ米を送る場合、鬼怒川上流の阿久津《あくつ》河岸までは原方道《はらかたみち》(別名会津御米街道)などの陸路を取らざるを得なかった。会津藩の場合でいえば、白河街道を取って勢至堂《せいしどう》峠を越え、勢至堂宿を経て白河城下へ入り、それから原方道を取って阿久津河岸まで南下する。

「この陸路が、難題でございましてな。何しろ土地の百姓は、続く飢饉で疲弊しております。思うように駆り出すことができませぬ」

江戸川や利根川を使った輸送しか考えなかった正紀には、想像外の話だった。

「そうなると、江戸廻米が思うようにいかないのは当然だな」

計画を練るのは江戸の城内の一室でできるが、実行に移すのは生易しいことではない。

「しかしそれでも、相応の米は集まりました」

白川は、揺るぎのない眼差しを正紀に向けて言った。江戸に廻米された品については、市中取締諸色調掛が確認をした。白川も与力としてそれに当たったのである。

「しかしいったん江戸に入って商人の手に渡ってから後のことは、分からないというわけだな」

「調べよとの達しは出ておりますが、相手は米商いの者だけではありませぬ。実態を摑み切れぬのが実情でございます」

「米穀売買勝手令が足枷《あしかせ》になっているな」

「さあ」

白川は言葉を濁した。町方役人として、公儀の施策を批判はできないとの判断からに違いない。

「廻米はどこかの商家に、囲い込まれているのであろうな」

正紀が言うと、白川は小さく首を傾げた。

「確証はありませぬが、某武家屋敷にも囲米として置かれているという話も聞きまする」

苦々しい表情の中に、皮肉っぽい笑みを一瞬浮かべた。根も葉もないことならば、口にしないだろう。どうにもならないから、曖昧な言い方にしたのではないかと察した。

武家が相手ならば、町奉行所の市中取締諸色調掛ではどうにもならない。たとえ中間あたりを問い詰めても、何も口にしないだろう。

定信の政策が、考えていたような市場の動きになっていないことを、正紀は改めて感じた。白川から聞いた話は、参考になった。

屋敷に戻った正紀は、町へ出て見聞きしたことを京に伝えた。

京は体調が良くなさそうだったが、話を聞いて不快感を剝き出しにした。

「家臣の橋本《はしもと》利八《りはち》を死なせてまでして守った廻米が、悪徳な商人の懐を肥やすだけの役割であっては、なりませぬ」

京は藩士領民の命にこだわる。それは正紀も同じで、藩の基盤になる者たちだと考えるからだ。

橋本は青山の配下の下士で、高岡河岸の納屋の管理を行う役目に就いていた。納屋にある廻米を預かる中で、白刃に斃《たお》れた。京はその死を悼み、斬った者を憎んだ。

「当家や府中藩の廻米は、どのようになったのでしょうか。あの世にいる橋本も、気にしていることでございましょう」

と言い足した。

常陸府中藩二万石は、正紀にとっても京にとっても近い存在だ。藩主頼前《よりさき》の正室品《しな》は、尾張徳川家八代宗勝の娘で、夫婦にとっては叔母に当たった。正紀は、幼少の頃から品には可愛がってもらった。

高岡河岸へ龍野の淡口醬油を入れる際には、頼前の世話にもなった。解決の仕方こそ異なったが、昨年の同じ頃に領内に一揆が起こって苦慮をした。府中藩の廻米は、本家水戸徳川家の助力によるものだと聞いているが、頼前も並々ならぬ思いをしたはずだった。

「腰を据えて、確かめてみなくてはなるまい」

それが橋本の供養であり、米を供出した者、運んだ者たちへの務めだと考えた。

三

翌日正紀は、廻米について思い入れの深い青山を伴って、深川伊勢崎町《ふかがわいせざき》に店を持つ船問屋濱口屋《はまぐち》幸右衛門《こうえもん》を訪ねた。仙台堀《せんだいぼり》の北河岸に店舗と船着場や広い船庫を持っていた。

大小の荷船を抱え、利根川や鬼怒川、霞《かすみ》ヶ浦《うら》など常陸の河岸場と江戸を繋ぐ輸送を行っていた。水戸藩や府中藩、そして高岡藩の廻米を運んだ。

正紀は、濱口屋の廻米輸送の危機を救った。そして高岡藩が廻米を集めるにあたって難渋していたときに、助力をしてもらった。幸右衛門は五十をやや超しているから、親子ほども歳が違う。しかし肝胆相照《かんたんあいて》らす仲になった。

店の前の船着場に、帆を下ろした弁才船《べざいせん》が停まっていて水手《かこ》たちが掃除をしていた。その声が、空に響いている。

不景気とはいっても、物資の移動はある。満載の荷船が、川面《かわも》を行きすぎる。濱口屋の何艘かの荷船も、遠路の旅に出ているはずだった。

「ようこそ、おいでくださいました」

正紀の顔を見ると、店の奥にいた幸右衛門は上がり框《がまち》まで出て頭を下げた。奥の部屋へ通されて、茶菓が運ばれた。

香ばしい茶の香りが、鼻をくすぐった。

雪の降る利根川の河岸で、同じ船に乗って廻米を運び出した。その折の話をしてから、正紀は本題に入った。

「あのような思いをして運んだ廻米が、市中の米屋に出ていない。どうしたものかと気になって、事情を聞きたく邪魔をいたした」

幸右衛門は、廻米を高岡河岸に置くにあたって、橋本が命を落としたことや周辺の百姓が力を合わせたことを、目の当たりにしている。

「なるほど、お気になさるのは当然でございましょうね」

正紀の問いかけに、大きく頷いてから言い、そして続けた。

「高岡藩や府中藩だけでなく、幾多の藩が廻米を行いました。にもかかわらず、米は充分に各店頭に出ておりません」

不満とも憂慮とも取れる顔だった。

「濱口屋では、どれほどの廻米を扱ったのであろうか」

「六つの藩から、合わせて八千俵を扱わせていただきました」

言い渋るかと思ったが、あっさりと答えた。

「それらが、すべて町の小売りの店頭に出ていたら米の値動きも、変わる気がするのだが」

正紀は、偽りのない気持ちを伝えた。できれば大口の卸先を教えてほしいとも言い足した。

「まったくですな。うちでは二千俵を売り、残りを求めてきた商人に売りました。米商いの方だけではありませんでした」

そう言って、大口の店六軒の名を挙げてくれた。

「どこの店がどうとは言えませんが、囲米にしている者がいるかもしれません」

正直なところを、口にしているようだ。

「廻米のために、とてつもない労力が払われた。それを私腹を肥やす道具にするなど、許せませぬ」

亡くなった橋本と行動を共にした青山は、憤りを隠さなかった。幸右衛門はそれに、大きく頷いた。

「大きな悶着《もんちゃく》があったにしても、大坂からの大量の廻米もあった。これらも、姿を消しているようだ。このままにしてはなるまい」

「さようでございますね」

幸右衛門は、下り米の回漕《かいそう》を行っている船問屋を紹介してくれた。上方の事情には詳しく、それを仕入れた者についても、得るものがあるかも知れないと告げられた。芝湊町《しばみなとちょう》にある、播磨《はりま》屋という堺《さかい》の船問屋の江戸店だった。

正紀と青山は、早速芝へ足を向けた。増上《ぞうじょう》寺の南を流れる金杉《かなすぎ》川の北河岸にある町だ。

増上寺の門前は、屋台店が並び、人で賑わっている。不景気な折には、神仏に願い事をしようとする者が増えてくる。口上を述べる大道芸人の周りには、人が群がっていた。

このあたりに来ると江戸の海が近いので、潮のにおいが漂ってくる。

播磨屋は、金杉川に面して船着場を持っている。千石船は、ご府内の川や掘割には大き過ぎて入れないので、品川《しながわ》沖に停泊して小型の荷船に積み直して各店に運ぶ。播磨屋は上方と江戸を結ぶ樽廻船だけでなく、ご府内に荷を運ぶ小型の荷船も扱っていた。

播磨屋では主人は留守だったが、初老の番頭が相手をした。濱口屋幸右衛門の紹介だと告げているので、番頭は丁寧な扱いをした。

「私どもの店では、大坂からの廻米は六千俵ほどを運びました」

この店だけが廻米を扱うわけではないから、大坂からの廻米は、少なくないものと思われた。ただ他の店が、どのくらいの量を仕入れたかは分からない。

市中取締諸色調掛与力の白川から聞いたものとほぼ同じような話を聞いてから、おもな廻米の卸先を聞いた。七つの店の名を挙げたが、その内の四つは、幸右衛門が挙げた店と重なった。

日本橋西川岸町《にしかわぎし》　蠟燭《ろうそく》問屋　井筒《いづつ》屋忠左衛門《ちゅうざえもん》
霊岸島《れいがんじま》銀町《しろがねちょう》　酒問屋　越中《えっちゅう》屋喜六《きろく》
京橋南紺屋町《みなみこんや》　呉服絹物問屋　駿河《するが》屋与一兵衛《よいちべえ》
芝宇田川町《うだがわ》　紙問屋　蓬莱《ほうらい》屋八十右衛門《やそえもん》

といった顔ぶれである。どの店も、その業種では名の知れた店だそうな。

「この中に、大量の囲米をしそうな者はあろうか」

「さあ、どうでございましょうか。仕入れた後のことは、存じませんので」

番頭は、一度わざとらしく首を傾げてから言った。思い当たる店があっても、口にするのを避けたのだ。

ともあれ、探る目当てができたのは幸いだった。

そして正紀は、頃合いを見計らって実家である赤坂《あかさか》の今尾藩上屋敷を訪ねた。兄の睦群から、刻限を指定されて呼び出されていた。

尾張藩付家老の睦群は多忙だ。刻限通りに行っても、半刻待たされた。

「おまえには、伝えておきたいことがあってな」

睦群は顔を見せると、前置きなしでそう言った。

わざわざ呼び出したくらいだから、重要なことだと気持ちを引き締めた。

「大坂定番だった正国様が、江戸へ戻られるぞ」

これを知らせたかったようだ。役目柄、様々な情報がどこよりも早く入る。

「いよいよですね」

大坂定番の任期は、定められていない。一年の者から二十年の者まである。正国は一万石の大名とはいえ、尾張徳川家の血を引く一門の一人だ。長く遠国には置かず、早晩江戸に戻されるだろうと佐名木とは話していた。

この知らせは、正紀にとっても待ち遠しいものだった。世子となったばかりのときに、国許や江戸の政《まつりごと》を仕切らなければならない立場となった。佐名木がいたとはいえ、重荷であったことは確かだ。舅《しゅうと》の正国が戻れば、何がしかは身が軽くなるだろう。

しかし兄は、予想しなかったことを口にした。

「正国様は、上方で大任を果たされた。尾張の宗勝様や定信様は、満足をしておいでだ」

「何よりです」

「そこでだが、松平信明殿が御側用人に進まれて、奏者番の座が一つ空いた」

睦群は、どうだという目を向けている。

「江戸へ戻られた舅殿が、お就きになるわけですか」

これは仰天だ。

「決まってはいないが、まず間違いないだろう」

これは栄転といっていい。信明は奏者番から御側用人となったが、寺社奉行に栄進する者も少なくなかった。幕閣へ上る足掛かりを得たことになる。

喜ばしい話だが、睦群は厳しい目を向けた。

「しかしな、奏者番は激務だ。国許や江戸の家中の差配は、引き続きその方がなさねばなるまい」

肩の荷が下りた気がしたが、そうはならないと知った。

「ただな、問題がある」

厳しい顔を崩さないのは、これから口にすることが気になるからだと推測した。

「奏者番就任を、歓迎する者ばかりではないという話だ」

「それはそうでしょうね」

「うむ。その筆頭は、老中の水野忠友殿だ。あの御仁は、嫌がるだろう」

田沼意次を幕閣から引きずり下ろしたのには、様々な力が加わっていた。その一つとして、尾張徳川家と水戸徳川家の力は大きかった。田沼派だった水野にとっては、尾張、水戸は許しがたい相手である。だからこそ、両家にゆかりのある高岡藩と府中藩に、難題を吹っかけてきた。

将軍家に近侍する奏者番に、尾張一門の正国が就くことは、老中としての水野の身を脅かす。

「邪魔をしてきますね」

「そうだ。その方や家中の者が、目立つしくじりを犯すと、この話は流れる」

この昇進は、宗睦《むねちか》が強く推している。何事もなければ問題ないが、面倒が起これば宗睦であっても話を進められなくなる。

「心して過ごせ」

と睦群は続けた。

これは高岡藩の行く末を案じての忠告だ。水野が、正紀や高岡藩の落ち度を探して攻めてくるのは間違いない。

「それともう一つ、伝えておこう」

表情が少し変わった。

「松平定信様は、江戸への廻米を諦めてはいないぞ。米価を下げるには、これから豊作になるのを待つしかないからな」

「豊作など、当てになりません」

「いかにもそうだ。だから廻米を推し進めようとしているわけだが、うまくいっていないのは明らかだ。それは定信様も分かっておいでだろう」

「信明様はいかがですか」

「あの御仁は、定信様の懐刀だからな。出した触《ふれ》の不備を補おうとしている」

「一度下した触《ふれ》は、やり遂げるというお気持ちですね」

「なそうとすることに、ぶれがない。あれは強いぞ」

「ならば定信様には、心強い味方ですね」

「さよう。ゆえに老中への昇進も間近だろう」

伝えるだけのことを口にすると、正紀にはさっさと引き上げろと言った。まだ他にも、用があるらしかった。

四

その頃、京は小石川伝通院《こいしかわでんづういん》に近い府中藩上屋敷の奥へ、叔母品を訪ねていた。春の日差しが、庭に接した縁側を照らしている。障子を開いていても、寒いとは感じない。他に誰もいない十畳の部屋に、叔母と姪《めい》は向かい合って座った。

「ご気分はいかがですが」

京は案じ顔で問いかける。もともと叔母は美貌の持ち主だったが、ここのところ老けてきた。心労があるからだと察している。

「よくありませんね。でもあなたが訪ねて来てくれると、ほっとしますよ」

品はかつて子を産んだことがあるが、いずれも早世した。だから血の繋がった正紀や京を可愛がった。

府中藩は、廻米問題を本家水戸藩の助力によって乗り越えたが、一揆の火種は消えていなかった。飛び地の多い領地で、常陸行方《なめかた》郡にあるいくつかの村が落ち着く気配を見せない。

武力で押さえ付けた領民の不満が、燻《くすぶ》り残っていると聞いていた。藩主の頼前は、苦渋の中にいる。

さらに府中藩には、継嗣《けいし》問題が絡んでいる。頼前は側室を抱えたが、子はできなかった。

武家にとって、跡取り問題は何よりも重要だ。御家の存亡に関わる。世子の届を済まさないうちに頼前が亡くなりでもしたら、無嗣《むし》として御家は断絶となる。水戸徳川家の連枝であっても、例外はない。

頼前には、婿養子に出ることもなく、独立もせず、他家に出なかった弟の頼陽《よりはる》がいる。藩厄介《やっかい》という身の上だが、この頼陽には十一歳になる頼説《よりひさ》という男児があった。

頼前と品は、これを世子として届けようとしていた。

藩主の判断である以上、問題はなさそうに見えたが、横槍が入った。

水戸徳川家には、分家として府中藩と陸奥守山藩二万石の二家がある。府中藩と守山藩は、近い縁戚の藩として代々深い関わりを持ってきた。頼前の父頼済《よりすみ》は、守山藩二代藩主頼貞《よりさだ》の三男で、当代藩主の頼亮《よりあきら》とは叔父甥《おい》の間柄になる。頼前とは従兄弟《いとこ》同士だ。

この頼亮には五人の男子《おのこ》があって、十二歳になる三男信典《のぶのり》を府中藩の跡取りにしようという話が、守山藩だけでなく本家の水戸藩の一部重臣の中からも起こっていた。

こうなると継嗣の決定は、府中藩だけの問題ではなくなる。

府中藩は分家とはいえ独立した藩だが、本家からは有形無形の援助を受けている。廻米にしてもそうだし、一揆を抑えられているのも、水戸藩の後ろ盾があるからに他ならない。

頼前は弱い立場にあり、水戸藩や守山藩の意向を無視しにくくなっていた。加えて面倒なのは、この継嗣問題に水野忠友が関わりを持っていることだった。守山藩と水戸藩の一部の者が、信典を府中藩に入れる話を進めているが、この後押しを水野がしていた。

水野は守山藩の廻米に力を貸すなど、恩を売っている。守山藩を味方につけ、さらに水戸徳川家に食い込んで、自らの延命を図っていると頼前や正紀は考えていた。

波乱の根を抱えた府中藩内にいる叔母品の心中は穏やかではないだろう。それを思いやって、京は訪ねてきたのである。

「頼説さまはお達者で」

「学問や剣術に精を出しています」

品は頼説を可愛がっている。

「何よりでございます」

「ただ、厄介なことが分かりました」

端整な顔を、叔母は顰《しか》めさせた。京が黙っていると、言葉を続けた。

「昨年末の廻米ですが、思いがけないことが分かりました。江戸へ回した米の内、半分は沼津藩の水野さまがご用意をなさったということです」

「ええっ、水戸藩ではないので」

京はそう聞いていた。正紀もそう思っている。府中藩は四百俵だった。その内の二百俵を、水野が金を出して回したと、品は言っている。魂消《たまげ》た話だ。

「形としては水戸家からですが、用意をした勘定方は、水野さまから出された米を回してきたのです」

「してやられましたね。水野さまに、借りを作ってしまったことになります」

米を扱った水戸藩の勘定方は、水野や守山藩の息のかかった者だったことになる。

「それが分かっていたら、苦しくても廻米は藩でやりました」

後の祭りだ。

守山藩は信典を府中藩に入れることで、一門内の発言権を強めることができる。その力を利用しようとする水戸藩内の者もいるだろう。水野はそれらの者に、すり寄ろうとしている。

「この先、頼前さまと藩はどうなるのか。案じられます」

叔母の心労は、まさにそこにあった。

「しかし沼津藩は、二百俵もの米を右から左へ回すことができるほど、ゆとりがおありになるのでしょうか」

京は不審に思った。

常陸や下総ほどではないにしても、沼津藩の米の出来がよかったとは聞いていない。

井上家の本家浜松藩も、ゆとりがある状態ではなかった。

いずれにしても、水野はじっとしてはいない。高岡藩や正紀にも何かしかけてきそうだと京は感じた。

「そなた、顔色がよくないようだが」

品が、話題を変えた。話していて気がついたようだ。

実をいうと、体調は良くない。というよりも、異変がある。それについて、相談をしたかった。今日訪ねた、もう一つの理由はそれだ。

体の不調は、つわりだと考えている。藩医や産婆にも診せていない。素直には喜べない自分がいるからだ。前に流してしまった後悔が、心と体に残っている。

正紀に伝えれば喜んでもらえるのは分かっているが、自信がない。腹の子にまた異変が起こるのではないかという怯みがあった。

叔母の言葉を聞きたかった。

「実は腹に赤子が」

口にすることに怖れがあったが、伝えなくては話にならない。恐る恐る口にした。

「さ、さようか。それはめでたい」

虚心の笑みを浮かべて品は言った。

「……」

「すぐにも、正紀どのにお伝えなされ。そなたが胸に抱えている虞や弱さを、そのまま伝えればよいのです。そなたたちは夫婦ではないか」

正紀と京の祝言は、家と家との政略結婚といった要素もあった。しかし今の二人は、名ばかりの夫婦ではないだろうと告げられた気がしたのである。

考えてみれば叔母も、尾張徳川家の姫として生まれ、水戸徳川家連枝の家に嫁いだ。

頼前との始まりは政略結婚だが、今はその身を案じ府中松平家の安寧《あんねい》を願っている。

「私も、かくありたい」

と願ったのである。

「あるとも知れぬ虞に、怯んではいけません」

「はい」

それだけのやり取りでも、気持ちが強くなった。今あるつわりは、前回のような体調不良とは微妙に違う。

「ありがとうございました」

京は救われた気持ちで頭を下げた。


高岡藩上屋敷に戻った正紀は、濱口屋などで聞き込んだ話や兄睦群から耳にした事柄を、佐名木と井尻に伝えた。すでに夕暮れどきになっていて、御座所には明かりを灯していた。

「殿が無事に大坂での役目を終えられ、江戸へお戻りになるのは何よりも喜ばしいことですな」

まず佐名木がそう言った。井尻はそれに大きく頷いたが、口にしたのは少し異なるものだった。

「次は、奏者番でございますか。それは何よりです」

満足げな笑みを浮かべている。主君の無事な帰還を喜ぶだけではない。奏者番というお役にこだわっていた。

「実に、結構なことでございます。あの役には、贈答の品があります。当家としては、大いに助かります」

事実だとしても、真っ先にそれを口にするのはいじましかった。悲惨な財政状態にあるから、常に追い詰められている井尻にしてみたら、そういう発想になるのかもしれなかった。

「口を慎め」

佐名木が一喝した。そして険しい顔になって続けた。

「殿の奏者番ご就任を面白く思わない水野が、どういう動きをするかですな」

睦群と同じようなことを口にした。正紀も同じ思いだった。

ひとしきり話をしてから、正紀は京の部屋へ行った。そこには和の姿もあった。

正紀は、正国の江戸帰還と奏者番就任の報告をした。これが高岡藩では一番の出来事だ。

「それは、何よりでございます」

「まことに」

二人は、安堵《あんど》の混じった笑みを浮かべた。

「ねぎらって差し上げなければなりますまい」

和はそう言ったが、続きがあった。井尻と同じようなことを口にした。

「進物があるであろう。どうせならば、狩野《かのう》派の軸物がよいのじゃが」

と上機嫌で口にした。

正紀と京は顔を見合わせたが、反論はしない。これまで節約を強いている。井尻と同様、胸にある屈託が溢《あふ》れ出たのだと思った。

また京からは、品から聞いたという府中藩の様子や、廻米に関わる金の出どころについて伝えられた。

「水野家に、そのような余分な米や金子があったのか」

正紀はそこも気になった。

和は、伝えるべき話を伝え合ったところで引き上げていった。

「ゆっくり話すがよい」

と言い残した。何か言いたげで、機嫌がいいのは変わらない。何事だと思いながら、正紀は京と向かい合った。

京は、わずかに躊躇《ためら》う様子を見せたが、すぐに口を開いた。

「お腹に、赤子ができました」

あまりにあっさりした言い方だったので、正紀は面食らった。体調が良くない様子だったから、案じてはいた。もしやとも思っていた。

「そうか、よかった」

前のことには触れずに言った。京の体の中に、自分の赤子が宿った。それだけでも、大きな喜びだった。先のことは、考えない。

「すぐに申し上げるべきところでしたが、できませんでした」

正直な気持ちを伝えてきた。いつもの高飛車な物言いはない。どこか不安げな眼差しを向けて来ていた。

「よいよい。口にしにくいのは、当然だ。しかしまずは、共に喜ぼうではないか」

正紀が言うと、京の顔に安堵の気配が浮かび、それが笑みに変わった。

「体をいとえ」

そう告げてから、正紀は京の手を握って引き、抱き寄せた。とはいえ乱暴には扱っていない。腹に、手を当てた。

温もりの先に、我が子がいる。

五

翌日正紀には、続けて来客がある予定だった。藩主の代行をしているから、その任を果たさなければならない。

そこで青山と植村が、命を受けて濱口屋と芝の播磨屋から話に出た廻米を仕入れた四軒の店を探ってみることになった。

ただ武骨な二人では、上っ面を撫でる程度の調べしかできないのではないかと考えたらしい。房太郎の助けを得ろと告げられていた。

青山と植村は、要望のあったかすていらを手土産《みやげ》にして、日本橋本町の両替商熊井屋を訪ねた。

「これは、嬉しいですね」

「まったくだ。しばらく楽しめるね」

房太郎も母親のおてつも、青山や植村らよりもかすていらの訪問を喜んだ。

熊井屋は銭のない家ではないが、かすていらは極めつけの高級品だから貰い物以外では食べないという。青山や植村は、口にしたことなど一度もない。そんな食べ物があることさえ知らなかった。

　興奮が冷めたところで、青山は四軒の店について伝え、調べへの協力を依頼した。

「分かりました。できるだけのことはしましょう」

　かすていらの入った桐箱を撫でながら、房太郎は頷いた。

「四軒のうち、知っている店はあるのか」

　頷きながら聞いていたので、青山は問いかけた。

「はい、四軒のうち三軒は知っています。売っている様子を見に行きました。米穀売買勝手令が出て、様々な業種が米に手を出すようになりました。どのような動きをするか、気にしていました」

「米の値動きに、関わるからだな」

　さすがに計算高いやつだなとは思った。ただ商人である以上は、当然だろう。青山が商人の立場にも立って事態を見て、考えるのは、正紀と関わるようになってからだ。

「井筒屋や越中屋、駿河屋の三軒は大店でしたので、仕入れるという噂を聞いて、他のことは置いても様子を見に行きました」

「それで、何か分かったか。仕入れた量は、どの程度だったのか」

慌ただしい問いかけになったと、自分でも感じた。

「船からの荷下ろしや店先に並べるときには賑やかにやりましたが、それが仕入れ米のすべてかどうかは分かりません。どこかの納屋に隠し置くつもりならば、目立たないようにするでしょうから」

もっともな話だ。

「どこもせいぜい二、三百俵くらいのものでした」

「しかしな、卸した濱口屋や播磨屋の話では、その程度の数ではないぞ。囲米にしたのではないか」

わざとこう告げた。

「そうかもしれませんが、他の問屋や小売にまとめて卸したとも考えられます。ただどこの店頭にも出ない米があるならば、囲米にされたと考えるしかないでしょう」

「それで、米の値は動かないと判断したわけだな」

「はい」

房太郎は、関心のあることについては慎重で念入りな調べをする。それで三貨の相場の流れを判断した。麦や銭の相場では、見事なほどの結果を残した。だからこそ、実家の熊井屋は脇両替でありながら、江戸でも一等地と言っていい日本橋本町で店を張ることができている。

「では、行きましょう」

房太郎に連れられて、青山と植村は一軒目の日本橋西川岸町にある蠟燭問屋井筒屋へ行った。日本橋川の南河岸に位置する町だ。ここも大店や老舗が並んでいる。

「間口は四間半（約八メートル）か。老舗といったところだな」

重厚な店構えを見て、植村が言った。

「米の値が高騰している今、それでも手を出そうとするのは、かつがつの商いをしているような店ではありません。大きな金が要りますから。それがなくて手を出すならば、博奕《ばくち》のつもりで裸になることを覚悟しなくてはできません」

房太郎が応じた。店の奥にいる主人忠左衛門の顔も確認した。

店から手代が出てきたので、さっそく青山が問いかけをしようとした。すると房太郎が袖を引いた。

「店の者では、聞いたって肝心なことは話しませんよ」

そう言われて、頷くしかなかった。

房太郎が問いかけに足を向けたのは、近くの商売敵《しょうばいがたき》となった春米屋である。主人に問いかけた。

「蠟燭屋に米商いをされて、迷惑ではなかったか」

「うちの売値よりも、ほんの少し安いだけでした。しかもあの量では、うちの商いに響くことはありませんでしたね」

こだわりのない口調で言った。米商い以外の者が手を出すことに不満はあるが、飢饉凶作の折の一時的なものだから、商いをした店を恨むという姿勢ではなかった。

「でもうちよりも、あんまりたくさん仕入れていたら、きっと腹が立ったと思いますよ」

と主人は言い足した。

船着場でたむろしている、荷下ろしをしたという人足《にんそく》にも聞いてみた。

「千俵なんて、運んでいませんね。三、四百俵くらいではないでしょうか」

房太郎が店で売られた様子で見当をつけた量とは、重ならない。

「どこかの納屋へ移して、隠しているのかもしれません」

「店の裏を洗えば、何かが出てくるかもしれないわけだな」

房太郎の言葉を青山が受けた。

次は、京橋南紺屋町の呉服絹物問屋駿河屋へ行った。京橋川の南にある町だ。間口五間（約九メートル）の店である。主人与一兵衛は、四十をやや過ぎた歳の抜け目のない面貌《めんぼう》をした者だった。その顔を検《あらた》めた上で、小売りの店三軒と数人の荷運び人足から話を聞いた。

ここの店では、売られた量が二百俵ほどで、荷下ろしをしたのも同じくらいの量だと話が一致した。

続いて霊岸島銀町の酒問屋越中屋、そして芝宇田川町の紙問屋蓬莱屋と回った。同じようなことを問いかけたが、聞いた限りでは異変は感じなかった。

「囲米にして儲けようとするならば、それなりの悪知恵を働かせています」

房太郎は、当たり前だという顔で言った。

廻った四軒の内では、間口が六間（約十一メートル）ある酒問屋越中屋が見た目では一番の大店だった。

「下り酒を収める大きな納屋がある。あの中には、酒ではなく大量の米俵を隠しておけそうだ」

植村が、納屋を見上げて言った。

六

青山らの報告を聞いた正紀は、翌日、目をつけた四軒の店の納屋を探ろうと考えた。外から眺めているだけでは始まらない。

そこで山野辺を付き合わせることにした。こういう場合は、町奉行所の与力という身分が役に立つ。

「とんでもないものが出て来そうだな。やってみよう」

山野辺は力を貸すと言った。不景気で江戸中の商品の動きが鈍いから、高積みをする店は少ない。お役目の方は、暇といってよい状況らしかった。

まず足を向けたのは、蠟燭問屋井筒屋である。

「廻米の仕入れをした店の、納屋を検める。囲米などしておらぬであろうな」

「もちろんでございます」

井筒屋の番頭が、慌てた様子で応じた。突然の訪問だから驚いた様子だった。しかし市中取締諸色調掛の与力白川一之進の名を挙げて、現職の町奉行所の与力が現れた以上、調べを断ることはできなかった。

「納屋の錠前を開けよ」

山野辺が命じると、困惑の表情を浮かべながら番頭は鍵を手にした。店の見える所には、様々な大きさの蠟燭が置かれているだけだ。

納屋は日本橋川に沿ってあって、船から直に仕入れた品を中に入れられるようになっていた。錠前が開けられ、軋《きし》み音を立てて扉が開かれた。

「どうぞ」

正紀と山野辺は足を踏み入れる。中はひやりとして、蠟のにおいが鼻を擽《くすぐ》ってきた。

「おや、奥に俵があるぞ」

咎める口調で、山野辺が指さした。蠟燭を入れた箱が積まれているが、その奥にちらと俵の端が見えた。

「いや、あれは。店の者が食べるものでして」

苦しい言い訳に聞こえる。

「俵を取り出せ、一俵残らずだ」

命じられた番頭は、手代と小僧を呼んだ。蠟燭の箱をどかさせ、米俵を納屋の外へ運び出させた。数を検めると、二十三俵あった。

「店の者だけで、これほどの量を食べるのか」

そう告げられると、番頭は返事ができなかった。

「隠しておったな。これが公になれば、店はただでは済まぬぞ。すぐに店頭に出せ」

「ははっ」

番頭は応じた。

売り惜みをして、儲けようとしたのは間違いない。しかし、これはまだ小口の内だ。

ご府内の各所に潜んでいる米は、こんなものではないと正紀は踏んでいる。

「どこかに納屋を借りて、そちらに隠してはいないか」

「そのようなことは、決してありません」

「あったら、ただでは済まさぬぞ」

山野辺がひと脅しして、井筒屋を出た。

「あの番頭、畏《おそ》れ入ったという顔をしたが、あれは表向きのものだ。言葉を鵜呑みにするわけにはいかぬぞ」

町方の与力らしい見方をした。

次に足を向けたのは、京橋南紺屋町の呉服絹物問屋駿河屋だ。色柄の品や無地の品が豊富に並んでいる。

「ここは市中取締諸色調掛の綴《つづ》りによると、四軒の内で一番大量に仕入れている店だ」

山野辺は店回りをする前に、綴りに目を通してきていた。昨年末の廻米だけでも、千俵以上の量になっている。濱口屋から聞いている話と重なる。

「その中には、高岡藩や府中藩の米も含まれているかもしれぬな」

米に色や印がついているわけではないから、決めつけることはできない。しかし濱口屋から仕入れた廻米を、商いの品として扱ったのは明らかだ。だからこそ、こうして探っている。

駿河屋の主人も出かけていて、相手をしたのは笹之助《ささのすけ》と名乗る初老の番頭だった。腰は低いが、一癖ありそうな男だ。口元に笑みは浮かべていても、目はこちらの様子をうかがっている。

「去年の暮れから今年にかけては、濱口屋さんなどから千二百俵仕入れました。しかしすぐに売れてしまいました」

「では店の納屋には、もうないわけだな」

「いえ、四十俵ほどあります。しかしそれは、売り先が決まったものでございます」

笹之助なる番頭は、井筒屋の番頭のように慌てる気配をうかがわせなかった。

「では他の、千俵以上の米はどうしたのか」

被せるように山野辺は問いかけた。不正は許さないぞという気迫が、言葉にこもっている。しかし笹之助は怯む様子を見せず答えた。

「すべて売れましてございます。高値で売れましたが、仕入れ値も高かったので、儲けはたいしたものではありませんでした」

いかにもあっさりとした口調だった。それには反応をしないで、山野辺は問いかけを続けた。

「売った先はどこか」

「私どもの本業は、米商いではございません。特別のお触《ふれ》が出た、今回限りの商いでございます。米商いの顧客などはありませんので、買い手が誰か、一応は聞いて書き留めましたがそれだけでございます」

今後の付き合いがあるわけではないし、その店が本当にあるかどうかも確かめなかった。書き留めさえしなかったこともあると告げた。

「百文売りはしませんでした。一俵以上を売りましたが、十俵にも満たない方には、名を聞くこともありませんでした。お代を頂戴すれば、それで終わりのお客様ですから」

売った記録がない米は、そのままどこかに隠したと考えられなくもない。けれども一回限りの数俵しか買わない客の名を書き留めておかなかったからといって、米商いではない者に対して、しくじりや怠慢として責めるのは違うと思われた。

「その書き留めた綴りを、見せてもらおうか」

山野辺は、引き下がらずに言った。

笹之助は、近くにいた小僧に命じた。

「これでございます」

綴りを持ってきたのは、二十歳をやや過ぎた年頃の手代である。団子鼻が愛嬌だが、賢そうな目つきをした宇多吉《うたきち》という者だった。

「どれ」

山野辺と正紀は、綴りに記された店の名を目で追った。

「日本橋富沢《とみざわ》町の山城《やましろ》屋は、四十五俵か。あの親仁は、抜け目なく仕入れていたわけだな」

見回り区域の中にある店らしい。

「おや、葺屋《ふきや》町には三河《みかわ》屋などという店はないぞ。ここは九十俵も仕入れているではないか」

声を上げた。行方知れずになった米となる。ありもしない店を騙《かた》って米を仕入れていった者がいることになるが、その米がどこかにある駿河屋の納屋に眠っている可能性もあった。

「一儲けを謀ったのでしょうか。けしからぬ輩でございますな」

笹之助は、他人《ひと》ごとのように言った。店の手から離れた米俵がどこへ行こうと、関わりはないといった姿勢だ。

山野辺が目を通して、実際にはない店はもう一軒、七十俵を仕入れた店だけである。しかしこれは見回り区域の中だけで、他もあたれば少なく見積もっても数百俵にはなると考えられた。

他にも納屋はあるかと尋ねると、借りた納屋があると笹之助は答えた。仕入れた米は、すべて売ったと付け足した。

表向きは市場に出たことになるが、現実にはどこかに消えて隠されている。

廻米を仕入れた店が囲ったか、買った者が隠したか、それは今の段階では分からない。ただ駿河屋が、怪しい店の一つに浮かび上がったのは確かだった。

次は霊岸島銀町の酒問屋越中屋だ。敷居を跨《また》ぐと、杉の樽と酒の混じったにおいに包まれた。

ここは常陸の米を四百俵、そして大坂からの下り米七百俵を仕入れたそうな。主人の喜六が説明した。

「おおむね付き合いのある酒の小売りの店に売りました。喜んでいただきましたよ。もちろん、一見《いちげん》の方にも買っていただきました」

越中屋では、買い取った者の名など控えていなかった。納屋を検めると、四俵が出てきた。

「これは、店で食べるものでございます」

と言われた。この量だと咎めることはできない。霊岸島の他に納屋はあるが、米俵はもうない。よく調べてほしいと言い足した。

「売れという達しの出ている米を、いつまでも抱えているわけがない」

「もちろんだが、ここも怪しいぞ」

正紀と山野辺は頷き合った。

最後の芝宇田川町の紙問屋蓬莱屋は、店の奥に米俵を積んでいた。しかし値札を見ると、とんでもないものだった。高値と言われる市価のさらに一割五分以上高い数字が記されていた。

「この値は何だ」

山野辺が、主人の八十右衛門を叱責した。

蓬莱屋の納屋には、百俵近い米が残っていた。相場に合わない高値にして、利を得ようとしたのである。

「それでも、じりじりと売れましたので」

「とんでもない話だ。適正な値で店頭に出せ」

山野辺は命じた。米商いの者ならば動きを掌握しやすいが、業種を問わないとなると、動きは掌握しきれない。

「米穀売買勝手令が、米のありかを分からなくさせているぞ」

正紀の呟きに、山野辺が頷いた。

二人は日本橋本町に出て、熊井屋の房太郎を訪ねた。考えを聞いておきたかったからだ。

房太郎は外出をしていて、店にいた母親のおてつが、昨日のかすていらの礼を口にした。上機嫌だった。

待つほどもなく房太郎が戻って来たので、正紀は聞き込んだこと分かったことを伝えた。

「みんな売ったなんて、嘘ですよ。濱口屋や播磨屋から仕入れた米を、いったん納屋へ入れてから、さらに別の船で他の納屋に移したに決まっています」

　これは、予想通りの反応だった。さらに続けた。

「囲米にするつもりならば、市中取締諸色調掛のお調べが入る恐れのある納屋になど、いつまでも置いておくはずがありません」

「それはそうだ」

「店から離れた場所にある納屋を、探ってみてはいかがでしょう」

　それで足を延ばすことにした。一番怪しいと感じているのは駿河屋だったから、駿河屋が借りたという本所《ほんじょ》の大横川《おおよこがわ》河岸の納屋へ行ってみることにした。

　河岸には鄙《ひな》びたしもた屋や空き地が並んでいる。この近くには高岡藩の下屋敷もあった。江戸も東の外れだが、駿河屋が借りている納屋はさして手間取らず捜し当てた。

「おお、これだな」

　納屋には番小屋がついていたが、人の気配はなかった。扉には錠前がかけられている。それで近所の家の女房に尋ねた。

「あの納屋は、今は空です。一月の間は番人もいて、数百俵も入っているかと思いましたが、二月になったら誰も近寄らなくなりました」

「どこへ移したのか」

訊いても無駄なことを、正紀はつい口にした。

「米俵を船に運んだのは荷運びの人でしたが、その指図《さしず》をしていたのは、お侍さんでした」

「ほう。浪人者か」

「そのようですけど、そうではない様子の人もいました」

女房は、気になる言い方をした。主持ちの侍が交っていたことになる。これは、そのままにできないと考えた。

早速駿河屋へ行って、手代の宇多吉を呼び出した。

やましいことがあるならば、怯みを見せるかもしれない。しかし宇多吉は問いかけに平然と答えた。

「あれは、お武家様からお預かりしていたものを、お返ししただけでございます」

と言った。

米の区別はできないから、廻米ではないと言い張られたら、山野辺には証明できない。

「武家が絡むと、面倒だぞ」

山野辺が苦々しい顔で言った。大名屋敷に運ばれてしまったら、町奉行所の手には及ばなくなる。

廻米の行方を探るのは、ことのほか厄介そうだった。

第二章　閉じた扉

一

正紀と青山は、ここまで見聞きした事柄を整理した。

「囲米をするのに最も適した場所は、町奉行所の指図を受けない場所です。とすれば武家屋敷が、どこよりも都合がよいことになります」

青山はそう言った。正紀にも異論はない。

「ならばとりあえずは、目当てにした四軒の問屋で、大名家の御用達《ごようたし》や主人や番頭が大身の武家にかかわりのありそうな者を探してみよう。大名貸しをしている者でもかまうまい」

これを調べるのは、そうたいへんなことだとは思われなかった。

商家にとって、将軍家や大奥、大名家や大身旗本家の御用達になるのは名誉なことといってよかった。店の格式が上がって、それが店の信用に繋がる。

したがって各商家では、武家の御用達を得た場合は、その旨を小さな看板に記して店内に貼り付けた。どうだと、言わぬばかりだ。

正紀は、青山と植村を調べに行かせた。

一刻半（三時間）ほどで、二人は戻ってきた。目を輝かせていた。

「下り酒問屋の越中屋は、烏山《からすやま》藩と下館《しもだて》藩、それに守山藩と府中藩の御用を受けていました」

その他にも旗本家があるが、おおむね常陸にある藩だった。

「駿河屋の得意先は、広い範囲になります。北は二本松藩から西の沼津藩まで五つの藩と旗本家になります」

「そうか。駿河屋は、水野家の屋敷に出入りをしているわけか」

何かありそうだという気持ちになる。当主の忠友も狸《たぬき》だが、江戸留守居《るすい》役の殿岡《とのおか》武左衛門《ぶざえもん》は油断がならない。証拠がないのでどうすることもできなかったが、高岡藩が廻米を命じられた折には何がしかの役割を果たしたと見ていた。

蠟燭問屋の井筒屋は旗本家への出入りはあったが、大名家との関わりはなかった。

紙問屋の蓬莱屋は、上総飯野藩《かずさいいの》二万石の御用を受けていた。

「井筒屋はひとまず置いて、残りの三つの店を念入りに調べておかねばなるまい」

一番気になるのは駿河屋だが、越中屋にしても蓬莱屋にしても、廻米を仕入れることで一儲けしようと企んだのは間違いない。

正紀は青山と植村を伴って、京橋南紺屋町の駿河屋の前に行った。京橋川の南河岸で、比丘尼《びくに》橋が目と鼻の先にある。店の前には船着場があった。

前の通りには、落ち葉一つ見当たらない。掃除が行き届いていて、打ち水がしてあった。奉公人たちの動きは、きびきびしている。不景気とはいっても、見ている間でも少なくない客の出入りがあった。

まずは、木戸番小屋の番人に尋ねた。

「駿河屋さんは当代の与一兵衛さんで四代目です。町の月行事《がちぎょうじ》を何度も務めています。夜回りや溝攫《どぶさら》いなどでは、店の人たちを何人も寄こします。誰にでも腰が低いというわけではありませんが、町にはなくてはならない人です」

悪くは言わなかった。盆暮れに、何か貰っているのかもしれない。

「商いは見た通り、それなりに繁盛しています。絹物なんて、あたしら食うのがかつがつの者には縁がありませんが、買う人がいるんですねえ」

番人はため息を吐いた。

「米商いにも手を出して、儲けているそうではないか」

「ええ、売り出してました。でもあれは、本業の商いに関わりあるところに売ったようですよ。このあたりの舂米屋には、たいして入荷していませんでしたから」

「どうしてわかるのか」

「米の値がちったあ安くなると思いましたが、ぴくりとも動きませんでした。もしやと思った分だけ、がっかりしましたよ」

番人は、駿河屋の建物に目をやった。正紀も、目を向けている。

「おや、浪人者が店に入ったな。あれは客ではなかろう」

三十をやや過ぎた歳ごろと思われた。中肉中背《ちゅうにくちゅうぜい》だが、身ごなしに無駄がない。それなりの剣の遣い手だと察せられた。精悍な表情だが、どこか荒《すさ》んだ気配を漂わせていた。

「あれは、染谷平八《そめやへいはち》様というご浪人です。昨年の秋あたりから、出入りをしていますす」

用心棒らしい。住まいは店の裏手にある長屋だそうな。

それから、青山や植村と手分けをして、近隣の町で評判を聞いた。主人の与一兵衛は生まれながらに若旦那だったから、威張《いば》っていると口にする者もあった。

「商いには厳しいですよ。おっとりなんてしていません。ぼやぼやしていると顧客を取られます」

隣町の呉服屋の番頭は、そう告げたそうな。しかし同じ町の者からは、毛嫌いされていない。商いだけでなく、何軒もの貸家を持っているという話も聞いた。

界隈では名の知られた分限者《ぶげんしゃ》といってよかった。

大横川にある、駿河屋の納屋も見に行った。川が竪川《たてかわ》と交差する北側、長崎《ながさき》町の河岸に建っている。ここから南に目をやると、時の鐘の塔が見える。

米俵は入っていないと聞いたが、それでも納屋を借りたままにしているのは、まだ使うつもりがあるからに他ならない。ならば青山と植村にも見せておこうという気持ちだ。

納屋は古いが、千俵は入りそうな大きさがあった。番小屋はあっても番人の姿はなかった。

中は空か、たいした品は入っていないと想像がつく。

納屋の周囲を、回ってみた。気になることはなかったが、誰かに見られている気がした。

人気のない鄙びた町人地だ。空き地には雑草が繁っているばかり。空では頬白が鳴いていた。

視線には気付かないふりをして、さらに近所の様子も検めた。しかし依然として、何者かに見られている気がした。

正紀はついに気になる方向に目をやった。大横川に沿った表の道だ。そこには二十代半ばとおぼしい侍が立っていた。月代《さかやき》はきちんと剃ってあって、身なりも悪くない。どこかの大名家の上士か、旗本家の若殿といった印象だった。

どこかで見た顔だと思ったが、正紀には思い出せない。ただ向こうは、こちらを知っている気配だった。

目が合っても、向こうはたじろぐ様子を見せない。黙礼をすると、何事もなかったように立ち去って行った。腹の据わった者だとうかがえた。剣術の腕も、なかなかのようだ。

「あの者に、見覚えがありまする」

同じように、立ち去った侍に目を向けていた青山が言った。

「三河吉田藩馬廻り役の、広瀬清四郎《ひろせせいしろう》なる者と存じます。松平信明様の家臣で、浄心寺の落慶法要の折に、供として来ていました」

どこかで見たと思ったのは、それでかと得心がいった。

「おれを、見張っていたのであろうか」

腑に落ちない。しかし見られていると感じたのは、納屋へ来てからだった。

「殿が、水野様と駿河屋を怪しんでいると気づいたのでしょうか」

「まさか、そうではあるまいが」

なぜ信明の家臣が、この地にいるのか。水野や駿河屋と組んで、何か企んでいるのか。そのあたりは見当もつかない。

屋敷に戻った正紀は、見聞きしてきたことを佐名木に伝えた。

「そうですか、駿河屋は二本松藩に出入りをしていましたか。するとあちらの絹物を取り寄せて商いをしていたわけですね」

聞き終えた佐名木は言った。返答ができないでいると、言葉を続けた。

「二本松藩は十万七百石の大藩ではありますが、外様です。ですから、打ち続く飢饉であっても、廻米の命があれば従わざるを得ません。餓死者を出した会津藩に劣らず厳しい中で、この度の廻米に応じたものと存じまする」

「うむ」

それは容易に想像がついた。寒冷な土地だと聞いているから、米作りに適しているとは思われない

「しかし優れた産物のある土地でもございます。蠟や漆《うるし》といった品だけでなく、領内の伊達《だて》郡や信夫《しのぶ》郡では養蚕《ようさん》が盛んに行われています。上質な絹糸は江戸だけでなく、西国にも運ばれております」

「駿河屋は、本業の部分でそこに関わっていたわけだな」

「米穀売買勝手令が出ているとはいえ、二本松藩の廻米を仕入れられるのも、そうした縁があるからこそでございましょう」

「なるほど、よく存じておるな」

悔しいが、知識では佐名木に敵わない。

「二本松藩の江戸家老や留守居役とは、長い付き合いがあります。そこから話は聞いておりました」

佐名木は無駄な付き合いはしていない。

「運ばれるはずの二本松藩の廻米は、まだ江戸には着いておりませぬ。千俵余りと聞きますが、駿河屋が納屋を借りたままにしているのは、それを収めようとの腹があるからでございましょう」

「では駿河屋は、二本松藩の重臣あたりと組んでうまい汁を吸うつもりであろうか」

「いや二本松藩の留守居役や勘定方は、悪く言えば融通の利かぬ堅物ですが、実直な御仁でございます。駿河屋の話には、乗りますまい」

「では駿河屋が組む相手は、沼津藩留守居役の殿岡か」

「まだ、決めつけることはできません」

焦るな、と言われたようなものだった。

二

正紀と青山が、さらに見聞きしたことを佐名木に伝えていると、井尻が一通の書状を持って現れた。今尾藩藩主の睦群の家臣が、届けてきたのである。

「どれどれ」

開いてみると、正国の帰還が正式に決まったという知らせだった。数日中にも、使者が来るだろうと付け足してあった。すでに大坂には内示がなされていて、帰還の支度をしているだろうとも書かれている。

読み終えた書状を、佐名木や井尻にも読ませた。

「忙しくなりますぞ。もの入りにもなりまする」

藩主が江戸屋敷へ入るわけだから、それなりの支度が必要なのは当然だ。費《つい》えもかかるだろう。

ただその割に、井尻は焦ってもいないし悲嘆に暮れているわけでもなかった。金の問題になると細かく、愚痴《ぐち》が多くなる男だが、それもない。高岡河岸を使う荷船が、急に多くなったわけでもなかった。

「どうした」

と尋ねると、意外なことを口にした。某大身旗本家より、白絹三反の進物があったというのである。日頃昵懇《じっこん》にしている家ではない。

「殿が奏者番に就かれると、どこからか耳に挟んだのでございましょう。早速に、挨拶に来たのです」

このようなことは、これまで一度もなかった。

「賄賂《わいろ》ではないのか」

気味が悪いので、正紀は言ってみた。

「違います。進物でございます。白絹三反で、何かをするわけではございません。当家も、必要なところへは贈っております」

胸を張って、井尻は答えた。佐名木も、ここで異を唱えるわけではなかった。

「しかし、あからさまなものですな」

とは言った。

「今後は、こうした進物が増えますぞ。大いに助かります」

浮き浮きとさえしている。奏者番が将軍家に近侍する役目であることは分かるが、どれほど進物の対象になるのか、正紀には考えもつかない。ただ井尻は大きな期待を寄せている。

「受け取った品には、不要なものもあるのではないか」

「その場合には、売りまする」

不要な進物を買い取る、献残屋《けんざん》という商いがあるそうな。これは初めて知った。

それから再び、囲米の話になった。消えた廻米の行き先はどこか、という話である。

とりあえずは濱口屋や播磨屋が運んだ廻米で考えた。

駿河屋、越中屋、蓬莱屋の三つの店で、関わりのある藩の屋敷を前提にした。どこであっても、町奉行所が立ち入ることはできない。

「府中藩には囲米はないであろう。そのようなことを、頼前様がお許しになるわけがない」

まず正紀は言った。

「守山藩は、においますぞ」

と言ったのは、青山だ。守山藩も凶作に見舞われている。一揆騒ぎこそないが、財政の面では逼迫しているはずだった。

「江戸家老の竹内外記《たけうちげき》あたりは、企むかもしれぬ。しかし守山藩邸は、避けるのではないか」

と口にしたのは、佐名木だ。得心がいかない正紀らの顔を一渡り見て、言葉を続けた。

「守山藩の上屋敷は小石川《こいしかわ》の大塚吹上《おおつかふきあげ》で、他の屋敷は関口《せきぐち》などで、どこも水路からやや離れたところにある。千俵を超す米を陸路で運ぶとなると、人手もかかりいかにも目立つ」

「なるほど。囲米をしていると、知らせて歩くようなものですね」

青山と井尻は頷いた。

「二本松藩は中屋敷が南八丁堀《みなみはっちょうぼり》にあって、芝新網町《しんもう》には拝領屋敷がある。どちらも荷船で運び込むには便がいい。だが江戸の重臣は、藩邸内に米を囲い込むことを許すまい」

江戸留守居の話を、聞いたばかりだ。

「そうなると、沼津藩が怪しいですぞ。江戸留守居役の殿岡ならば、やりかねませぬ」

怒りを抑えた口ぶりで青山は言った。

「うむ。屋敷は中屋敷と下屋敷が、浜町堀《はまちょうぼり》の東西にある。夜陰に紛れて運び込み、目立たぬように運び出すこともできますな」

「儲けた金子を、府中藩継嗣問題の遂行のための費えにすることもできるぞ」

正紀の言葉に、井尻が応じた。青山が、何度も頷いた。

あくまでも推測の範囲を出ないが、説得力があった。他の藩も俎上《そじょう》に載せたが、仕入れた量や、江戸藩邸との関わりを鑑みると、沼津藩よりも怪しいとは感じなかった。

「駿河屋について、さらに探ってみましょう」

青山は、力をこめて言った。廻米の使われ方に、憤りを感じている。とことんやるぞという気迫は、かえって強くなっていた。

「ただ広瀬清四郎が現れたのは、意外でしたな。若殿の動きを探るのは、水野ならばありそうですが、信明様というのはちと違う気がいたしますぞ」

佐名木は首を傾げた。広瀬は信明の懐刀で、隠密のような役割をすると付け足した。

この後、正紀は京の部屋へ行った。つわりなど、体のことが気になっていた。

部屋には、和もいた。いつもとは別人のように上機嫌だった。

「何かあったのですか」

と訊いてみた。

「白絹三反を受け取りました」

旗本からの進物を、佐名木は京に回した。今回はそれでいいと考えていたが、京は和に与えたらしかった。

改めて礼を口にするような和ではないが、喜んでいるのは伝わってきた。

「分かりやすいお方だ」

とは思うが、口には出さない。大名家の奥方が、白絹三反で喜んでいる。たわいのない話だが、高岡藩の財政の厳しさが続いている証だとも思われて、正紀は少し胸が痛んだ。

「つわりはどうか」

「今日は、よろしゅうございます」

体調は悪くないらしい。ならば重畳《ちょうじょう》といったところだった。

三

翌日正紀は、白河藩上屋敷の松平定信のもとに、訪問の打診をした。一万石の小大名の世子では、到底会うことはできない。そもそも訪問を打診するなど、よほどのことがなければしない。

しかし正紀は、尾張徳川家の一門であり、前にも会って言葉を交わしたことがあった。伯父の宗睦に紹介されたのである。

断られてもともとの依頼だったが、短時間でと念押しをされて面会が叶うことになった。

企みを持って会うのではない。ならば会える手立ては使おうと思っていた。

訪問の理由は、舅正国が任期を終えて帰還することになった礼を、伝えるためのものだった。大坂定番は、老中支配の役目である。

ただそれだけではなく、囲米や廻米について、それとなく考えを聞いてみたいという気持ちもあった。話してくれぬとなれば、それは仕方がない。

指定された刻限に出向いたが、一刻半待たされた。それでも文句は言えない。今日は登城をしない日らしいが、訪問の者は正紀だけではないだろう。

部屋に現れた定信は、鼻筋の通った端整な面貌を正紀に向けた。

「大坂定番のお役目は、きわめて重大である。正国殿はそのお役目を、無事に果たされた」

正紀が礼の口上を述べると、定信はそう返した。親し気な様子を見せるわけではないが、冷ややかな印象もなかった。ここでは正国を、尾張徳川家八代宗勝の十男として話している。私的な対面と捉えているからだ。

「ありがたき、お言葉でございます」

正紀にしてみると伯父の宗睦と話をするよりも、緊張した。

「正国殿は、奏者番としても立派にお役目を果たされるであろう」

正式な通達はないが、すでに内定しているものと思われた。そして続けた。

「そなたは藩の世子として、当主を支えねばなるまい」

「ははっ」

正紀は平伏した。

「昨秋の一揆の折には、異例の処罰をしたそうじゃな。甘いという声があり、それは当然といえる」

一揆の首謀者を、正紀は領外追放で済ませた。しかし通例は死罪とする。定信はそれを言っていた。信明と同じ考えだ。

領主は、圧倒的な威厳と威光を持って統治しなくてはならない。領民の事情は、それに勝るものではないという話だ。

武力で一揆を押さえ込んだ府中藩は、いまだに火種を残している。しかし高岡藩は、揉めてはいない。そう伝えたいと思ったが、定信が口にしているのはそういうことではない。領民に対する領主の姿勢という問題だ。それぞれの藩が抱えている実情は考慮されず、幕府の方針を優先せよということだ。

定信は八代将軍吉宗《よしむね》の孫で、御三卿《ごさんきょう》の一つ田安《たやす》徳川家の初代当主宗武《むねたけ》の七男として生まれた。幼少期から聡明で知られ、一時は十代将軍家治《いえはる》の後継と目されたこともあった。ただそうなると、政敵も現れる。結局は陸奥白河藩十一万石の二代目藩主松平定邦《さだくに》の養子となり、田安徳川家を出た。

これで将軍となる資格を失ったが、名門中の名門であることは変わりない。財政破綻の瀬戸際にいる小大名家の事情など分かるべくもない。百姓がどのような暮らしをしているか、目にしたこともないだろう。

ただそれをここで言っても始まらない。

「ははっ」

と口にして両手をついた。

「しかし高岡藩は、昨年の内に示された廻米を果たすことができた。果たせなかった藩がいくつもある中でな」

尽力を認めた、と受け取ってよさそうだった。定信は、廻米がどのように実行されているか、注意深く見つめているらしかった。

よく言えば丁寧だが、違う言い方をすれば細かいということになる。

「一度出した触《ふれ》は、やり通さねばならぬ。そうでなければ、ご政道は保たれぬ」

「……………」

正紀は、両手をついたまま聞いている。

「それはお上の威光を持ってなすべきであり、それをしかるべきものにするのが、諸家の務めである」

これが定信の考え方の根にあるものだと知った。信明は、この定信の意を受けて動いている。領民あっての高岡藩だと考える正紀とは、永遠に交わらない。

しかし論を戦わせ、こちらの思いを通そうという気持ちはなかった。一万石の小大名など、難癖をつけて潰すなど訳なくできる。

そういう中で、小大名は生き残っていかなくてはならない。

高岡藩が、正国に続いて尾張徳川家一門である正紀を迎えたのは、生き延びる手立てでもあった。正紀はそれを不満とはしない。高岡藩を守り栄えさせていこうと決意している。

それは京が傍にいて、背後には佐名木を始めとする家臣がいる。年貢を納める領民の姿もあった。

「高岡藩は、一揆こそあったが、他藩のようにその後の乱れはない。しかし何かあれば、藩としての威信を損なうことになる。心してかかるがよかろう」

「ははっ」

もう一度言って、さらに頭を低くした。

「米価高騰を、これ以上許すわけにはいかぬ。下げることで、公儀の威光を示さねばならぬ。江戸への廻米や米穀売買勝手令は、そのための有効な手立てである。そなたは正国殿と力を合わせ、有効なものとなさねばならぬ」

政策は、うまくいっているとはいえないのが実際だ。尾張徳川家の縁者だとはいえ、小大名の世子に過ぎない者に、自ら改めて口にすることでもない気がした。

そこに、定信の焦りがあるのかも知れなかった。

白河藩上屋敷を出た正紀は、今尾藩上屋敷の兄睦群を訪ねた。定信との対面は、話を聞く一方だったが、気迫は伝わってきた。考え方には違いはあるが、決めたことをやり通そうとする信念は固く勢いがあった。それを焦りとも取れるが、なかなか巡り合えない人物と時を共にした。

その興奮が胸に残っていて、誰かに伝えたかった。

訪問の前触れはしていなかったから、睦群と会うのには手間取った。しかしどうにか、顔を合わせることができた。

前置き抜きで、定信とのやり取りについて伝えた。そこで思ったことも付け加えた。

聞き終えた睦群は、大きく頷いた。

「定信殿に焦りがあるのは、当然であろう」

という言葉が返ってきた。

「早い段階で、結果を出さなくてはならない事情がある」

と続けた。定信とは距離を置いた物言いだった。正紀の腹の奥が、じわりと熱くなった。固唾《かたず》を呑んで、次の言葉を待った。

何をどう話すか、睦群はしばらく考えるふうを見せてから口を開いた。

「老中就任を反対する勢力も、少なからずあった。御三家御三卿、幕閣や大奥などが、もろ手を挙げて推挙したのではないという話だ」

「さようで」

少なからず驚いた。定信が老中に選ばれる過程について、正紀はほとんど知らされていない。尾張徳川家や水戸徳川家の推挙があったと耳にした程度である。

「そもそも定信殿を老中に推したのは、家斉公のご実父一橋治済《ひとつばしはるさだ》様だ。田沼殿の政《まつりごと》には、うんざりしていたのは間違いないが、それだけではない。万民が帰服する政を行うためには、実直で才能のある人物を老中に登用しなくてはならぬと考えたようだ」

我が子が将軍職に就くとなれば、それを支える才能と実行力のある者を傍に置きたいと考えるのは当然だろう。

「それが、定信様だったわけですね」

「いかにも。だがな、当初御三家が幕閣に送り込もうとしたのは定信殿ではない。奏者番を務めていた出羽《でわ》山形《やまがた》藩六万石の秋元永朝《あきもとつねとも》殿だ」

秋元永朝も才知に溢れた人物だった。また正室は大老井伊直幸《いいなおひで》の養女で、その死後は老中牧野貞長《まきのさだなが》の娘を継室に迎えていた。御三家がこぞって推挙するならば、老中昇進は突飛なこととはいえない。

しかしこの案は、取り上げられていない。

「治済様の腹は、定信様で決まっていた。いくら優れていても、馬が合う合わないはあるからな。治済様は新将軍のご実父だ。発言力は大きかった」

ただ定信を擁立するのには問題があった。

そもそも老中には、京都所司代や大坂城代、寺社奉行兼任の奏者番、御側用人といった役職を経た者が就任するのが原則である。なんの役職にもついていない者がいきなり就任する例は、皆無ではないがきわめて異例といってよかった。

また老中は、本来は二万五千石以上の譜代大名が務める役職であり、御家門の大名が就任するのも例外といえる。

「しかしな、治済様は策士だ。まず手始めに御側御用取次の旗本小笠原信喜《おがさわらのぶよし》を定信殿擁立派に引き込んだ。そしてうるさ型の大奥老女大崎《おおさき》や高橋《たかはし》といった面々を味方に引き入れた。ついに大崎は、家斉公から、定信殿を老中に起用してよいという言葉を引き出した」

こうなると尾張の宗睦も水戸家の当主治保《はるもり》も、明確な反対理由がない以上、賛成に回らざるを得なくなる。

「すると定信様の就任には、治済様の力が大きかったわけですね」

「そうだ。しかしそれは、弊害を生むやもしれぬ」

告げられて、正紀は気がついた。

「ご公儀の政に、治済様が口出しをする虞が出てくるわけですね」

「うむ。宗睦様も治保様も、それを嫌がっておいでだ。他のお歴々も、同じであろう」

治済に能力を見込まれたとはいえ、異例ずくめの中で定信は老中職に就いた。尾張徳川家も水戸徳川家も、心の底から推しているわけではないという話だ。

「定信様は、そういう事情を分かっておいでですね」

「もちろんだ」

これらは睦群が、尾張徳川家の付家老という役にあるからこそ知りえたものだろう。

「すると定信様は、力量を測られているわけですね」

「廻米も囲米も、そして米穀売買勝手令も、進めなくてはならない施策だ。定信殿はこれで、結果を出さねばならない」

もたもたしていては、支える者が離れて行く。定信に焦りがある理由を、正紀は得心した。田沼意次派だった水野の身も危ういが、定信も磐石とはいえない。

定信が老中となった翌月、なりそこなった秋元は奏者番を辞任した。政争に敗れた者は、幕閣から姿を消してゆく。世の常とはいえ、その現場を正紀は垣間《かいま》見た気がした。

松平信明は、定信の施策を後押ししている。労を惜しまない。

「定信様の本音は、水野様を老中から降ろして、信明様を据えたいところでしょうね」

「それはそうだ。足元を固めたいであろうからな」

正紀には、危うい水野の立場が、はっきり見えた気がした。

四

正紀が白河藩上屋敷へ行っている間に、青山はもう一度、大横川河岸の駿河屋の納屋へ行った。

さらに駿河屋を調べようという話し合いをしたが、京橋にある店とここ以外は探るにあたって思い当たる場所が浮かばない。それで大横川河岸へやって来た。

雨の気配はないが曇天で、川を吹き抜ける風は冷たかった。

今となっては、珍しくもない納屋の周辺を見回った。昨日目にした広瀬清四郎の姿はどこにもない。

青山は、正紀が話を聞いた近所の女房に、もう一度問いかけをした。納屋から荷を運び出す様子を見ていた者である。

「荷運びの者に指図をしていたのは二人の侍だと言っていたが、もう少し詳しく話してもらえぬか」

二人の素性が分かれば、消えた米俵の行き先が分かるだろうとの判断だ。

「そうですねえ」

女房は考え込んだ。そして慎重に口を開いた。侍が二日も続けて尋ねに来た。よほど大事なことだと考えたのだろう。

「ご浪人の方は、三十歳をやや過ぎた感じで、人足たちを急かせていました。腕の太い荒くれ者らしい人足たちを叱りつけて、ちょっと怖かったですね」

「もう一人は、どうか」

「そのお侍は、二十歳になるかならないかといったところでしたが、あれはご浪人ではないですね。ちゃんとしたお武家の次三男といった様子でした」

どちらも体つきは中肉中背で、若い方も乱暴者そうな人足をおそれず指図をしていたという。

荷積みが済むと人足たちに手間賃を払い、二人だけが荷船に乗り込んだ。竪川方面へ向かって、船着場を出て行ったそうな。

「二人の顔を見たのは、そのときだけです」

他の家にも行って、二人の侍のことを尋ねた。気づかなかったと口にした者もいたが、覚えている者もあった。しかし最初に聞いた女房以上の情報を得ることはできなかった。

そこで日本橋本町の熊井屋へ行った。商いの品に関することならば、房太郎が知恵を貸してくれるかも知れない。

店に居合わせた房太郎に、青山は事情を伝えた。

「若殿様や青山様が、駿河屋が怪しいというならば、そちらを探ってみるのが一番ですよ。隠し場所としては、浜町堀に近い沼津藩の中屋敷や下屋敷はとても便利です」

聞いた房太郎は即答し、そして続けた。

「どんなふうに荷を運び入れたか、それを確かめておくのも大事です。それにあの近くには町屋もありますから、荷運びに気づいた人だっているかもしれません」

「では、浜町堀へ行ってみよう」

次にやることがはっきりすると、力が湧いてくる。

「なら私も、ご一緒しましょう」

房太郎は言った。かすていらが、まだ効いているらしかった。

浜町堀は、大川《おおかわ》に近い日本橋界隈を北西から南東に割って真っ直ぐに伸びる運河だ。南東の河口で箱崎《はこざき》川と合流して大川に出る。南側の半分くらいはほぼ武家地で、大名屋敷が並んでいる。そのあたりの河岸道を浜町河岸と呼んだ。

北側半分ほどは町人地になる。荷船の便がいいので、このあたりには商家が連なっている。大川から入った荷船が、武家地を通り過ぎて町人地へ荷を運ぶ。したがって昼間の内の浜町堀は、荷船の出入りが多かった。

青山と房太郎は、河岸道に立った。俵物《たわらもの》を積んだ荷船が、艪《ろ》の音を立てて進んでゆく。

堀の西河岸には、井上家の本家浜松藩の上屋敷があるので、青山は何度もここへ来ている。見慣れた光景だ。

「堀の対岸にあるあの屋敷が、沼津藩の中屋敷だ。そして浜松藩上屋敷の北西に道一つを隔てて下屋敷がある」

房太郎に説明した。

中屋敷の前には、船着場がある。裏門は屋敷の南側にあって、やや大きな通りになっていた。

「荷を入れるならば、こちらを使いますね」

裏門を指さした房太郎は、荷運びの様子を思い浮かべるような面持《おもも》ちで言った。

西河岸の下屋敷は、浜町河岸に面していない。浜松藩邸の北側の道に入って進むと、下屋敷の裏側に出る。

「浜松藩邸の裏手になりますね。堀から米俵を運ぶのは、ちと面倒です」

「いや、この先に入り堀がある。そこを使えば、船で屋敷の傍まで行けるぞ」

青山は言った。浜松藩邸の北に旗本屋敷があり、その先が入り堀になっている。いつもは気にもしないで通り過ぎていたが、今日はしげしげと目をやった。

浜町堀の西河岸は、そこまでが武家地で以北は町人地となる。入り堀の突き当りにあるのが銀座《ぎんざ》で、旗本屋敷に挟まれて沼津藩の下屋敷があった。

「あれですね」

房太郎が指さした。練塀の向こうには、鬱蒼とした樹木がうかがえるばかりだ。

入り堀の北側は、河岸道になっていて住吉《すみよし》町裏河岸という町が広がっている。竈《かまど》職人が多いというので、この河岸道は竈《へっつい》河岸とも呼ばれていた。

「様子を見てみましょう」

房太郎と共に竈河岸に入って行く。ここに足を踏み入れるのは、初めてだった。

「三十石積みくらいの荷船ならば、ぎりぎり入れますね」

「そうだな。おお、船着場があって、出入りの門があるぞ」

青山は初めて気がついた。船から出入りする門だ。門扉《もんぴ》は閉ざされているが、掃除はされている。使われている門だと思われた。

「荷船でここまで運んだら、屋敷内に米俵を運び込むのは訳ないですね。入り堀ですから人目にもつきませんよ」

房太郎は、丸眼鏡を指でずり上げながら言った。目を輝かせている。

米不足のこの折、百俵もの米俵を積んだ荷船が停まっていれば目立つ。しかし入り堀になっているここならば、気づかれにくい。

「私ならば、ここから出し入れしますね」

興奮を抑えた声で房太郎は言った。ざっと見たところ、敷地は三千五、六百坪ほどはありそうだ。二、三千俵の米を入れられる納屋があっても、不思議ではなかった。

そこで竈河岸に住む者たちに聞いてみることにした。特に十二月の廻米の折から、米俵を運び込む様子を見なかったかと問いかけたのである。

まずは家の前で材木に鉋《かんな》掛けをしている初老の職人に、房太郎が問いかけた。

「あの船着場と門は、よく使われていますか」

「さあ。見張っているわけじゃねえからはっきりしねえが、船が停まっているのはたまに見かけるね」

「荷船ですか」

「人だけのときもあれば、荷船のときもある。年が明けてしばらくした頃に都合二百俵ぐれえの米が運ばれてきて、魂消たことがあった。百文で三合しか買えねえってえのに、あるところにはあるもんだってね」

「それは一度だけですか」

「いや、合わせて百俵ほどのときもあった。とはいえ、毎日のようにあるわけじゃあねえ」

「日にちを覚えていますか」

そう聞くと、職人はむっとした顔になった。

「一月《ひとつき》も前のことで、きっちり覚えているわけがないだろ」

そう言われたら、返答のしようがなかった。

しかし房太郎は「すみません」と頭を下げ、めげずに問いかけを続ける。

「荷運びをした刻限は、いつ頃だったでしょうか。運ぶために、人足を雇ったのでしょうか」

「百俵のときは、夕方だった。二百俵のときは日暮れてからだ。目立たねえようにしたんだろうな。おれはたまたま外へ出たから気がついた。いきなり荷船が停まっていてよ」

「人足は、掛け声をかけなかったんですか」

「運んでいたのは、人足じゃあねえ。藩の下っ端の侍や中間といった連中だな」

藩の者だけで、荷下ろしを済ませたことになる。

「商人らしい者は、いたのですか」

「いなかったね。船頭に指図をしていたのは、若い部屋住みふうと三十歳前後の浪人者だった」

これを聞いて、青山と房太郎は顔を見合わせた。

「大横川の駿河屋の納屋から米を運び出した者ですね」

「うん。十中八九そうだろう」

青山は慎重に答えた。

老職人の他に、子守りをしていた若い女房、青物屋の中年の主人、通りかかった裏長屋の大家などから話を聞いた。

荷運びの様子をまったく見なかったと告げた者もいたが、おおむねは二度か三度目にしていた。四度以上という者もいた。

正確な日にちは覚えていないので、その輸送が重なるかどうかは分からない。運んでいたのはおおむね夕方か夜で、早朝と言った者もあった。

「ますます怪しいぞ」

気持ちが沸き立つ青山だ。

「ええ、米を隠していますね。でもこれだけじゃあ、廻米を隠していることにはなりません。藩の米だと言われたら、それでおしまいです」

房太郎は言った。

五

青山は、駿河屋の用心棒染谷平八がその年頃であるのを思い出した。その顔も、見たことがあった。ただ若い方の部屋住みふうは分からない。

それを房太郎に伝えた。

「ならば顔を知っている、大横川の納屋近くの女房と老職人に面通しをさせてはどうでしょうか」

房太郎が言った。それが手っ取り早そうだった。

「何だと、浪人者の顔を確かめろだと」

老職人は露骨に嫌な顔をした。動かしている手を止めない。仕事を中断されるのが嫌らしかった。

「銭を与えましょう」

房太郎が言ったが、そうは持ち合わせていない。青山は徒士頭《かちがしら》で、高岡藩では上士となるが、懐具合は豊かではない。高岡藩では、上士も下士もかつがつの暮らしをしている。

懐に入っているのは、なけなしの五匁銀《もんめ》一枚だけだった。勘定方の井尻に言っても、出してもらえるとは思えない。

「惜しんでは、調べが進みませんよ」

と言われた。

それは本意ではない。懐からぺらんとした財布を取り出し、五匁銀を取り出した。

これでは不満だと言われたら、今日はあきらめるしかなかった。

五匁銀を差し出すと、老職人は動かしていた手を止めた。

「仕方がありませんね」

渋々という顔で、差し出されたものを受け取った。

「大横川の女房は、私が連れてきます。銭は私が与えましょう」

房太郎はそう言った。ぺらんとした財布を見ていたらしかった。面目ないが、ほっとした気持ちも青山にはあった。

青山は、老職人を京橋川に架かる比丘尼橋の袂へ連れて行った。房太郎は大横川河岸へ、例の女房のところへ行った。

駿河屋は、常と変わらない商いをしている。青山は店の中や周辺を捜したが、染谷の姿は見当たらなかった。木戸番の番人に尋ねると、一刻ほど前に手代の宇多吉と出て行ったというので、待つしかなかった。

そして一刻近くして、房太郎が例の女房を連れてやって来た。染谷は外出中で、帰りを待っていると青山は伝えた。

「そりゃあよかった。じきに戻りますよ」

青山と老職人はじりじりしていたが、房太郎は当たり前の顔で言った。

さらに半刻ほど待っていると、ようやく若い手代と浪人者の二人連れが戻ってきた。染谷と宇多吉である。

「あの浪人だ」

青山は、指差しをした。

「は、はい」

女房は、示された方向に目を凝らした。どこかに不満げな様子を見せていた老職人も、緊張した面持ちになって顔を向けた。

二人とも、近くからじっくり見たわけではない。しかし「おや」と思って、荷運びの様子をしばらく眺めていたのは確かだ。

「間違いねえ。ありゃあ、荷船に乗っていた浪人ですね」

まず老職人が言った。自信ありげな口ぶりだった。そして少しして、女房の方も口を開いた。

「あのご浪人です。人足たちに、指図をしていました」

一緒に歩いている宇多吉については、どちらも見かけない顔だと言った。これで役目は済んだ。二人を解放した。

「これで駿河屋の納屋と、沼津藩下屋敷が繋がったな」

「日にちがはっきりしませんから、決めつけることはできません。でも運ばれたのは、間違いないですよ」

青山の言葉を受けた房太郎はそう言って頷いた。染谷は駿河屋の裏手にある長屋を住まいにしていて、昨年の秋から出入りを始めたと聞いた。

「廻米を運ぶ役目を担っているのであろう」

「ええ。駿河屋の者は、できるだけ使いたくないでしょうからね」

染谷について、聞き込むことにした。

同じ町内の、袋物屋の手代が店の前にいたので、房太郎が問いかけた。染谷のことは、よく知っていた。町内では、乱暴者ではないらしい。

「旦那さんや番頭さんの供をしているのは、たまに見かけます。宇多吉さんとどこかへ出かけることは、よくあります」

「夜のお供もあるのか」

「そういえば一昨日《おとつい》でしたか、旦那さんのお供で夕方に出かけていきました」

商家の主人ならば、顧客との酒の席もあるだろう。どのようなところで飲むのか、調べておこうと思った。

駿河屋の前に行って、小僧が出てくるのを待った。しばらくして現れた小僧が、道に水を撒き始めたところで房太郎が声掛けをした。手早く小銭を握らせている。

「一昨日、染谷様は旦那さんの供をして出かけたな、どこへ行ったのかい」

笑みを浮かべて言っていた。小僧が困惑の表情を浮かべると、「おまえに迷惑はかけない」と言い添えた。

「深川蛤町《はまぐりちょう》の大島《おおしま》という料理屋です」

それだけ聞けば、充分だ。青山と房太郎はその場を離れた。深川へ向かったのである。

蛤町は、深川の南端を東西に流れる大島川の北河岸にある町だ。深川にしては落ち着いた町で、何軒かの料理屋が並んでいる。

船着場にいた船頭に尋ねたので、大島という料理屋はすぐに分かった。黒板塀に囲まれた、瀟洒《しょうしゃ》な建物だった。

「ちょいと、駿河屋が誰と来たか尋ねてきます。青山様は、外で待っていてくださいまし」

房太郎は言って、開かれている門の中へ入って行こうとした。

「ここに、知り合いでもいるのか」

顧客が過ごした相手を、この手の店が簡単に漏らすとは思えない。だから訊いたのだ。

「そんな者はいません。駿河屋の者のふりをして聞くんです。旦那さんが忘れ物をして取りに来たとか言って」

ならば自分が一緒ではまずかろうと青山は思った。

「その方、なかなかに悪達者《わるだっしゃ》だな」

房太郎は迷う様子もなく、店へ入って行った。そしてさして間もなく戻ってきた。しめしめ、といった顔をしている。

「忘れものだと言ったのか」

「おかみさんが出てきたので、そう言いました。どんな品かと聞かれたので、あのときお招きしたお客様が使っていた煙草《たばこ》入れだと話しました」

「そんなものはないと、告げられただろう」

「はい。でもお客様が大事にしている品なので、と続けたら、殿岡様は煙草入れは腰に差して出て行ったと答えました」

「なるほど、そこで名を言ったわけだな」

「はい。ならば他の場所で落としたのでしょうと言って、出て来ました」

一昨日、与一兵衛が招いた客は殿岡だったことになる。そして房太郎は、それだけで料理屋を出てきたわけではなかった。

「ついでに、下足番の爺さんとも話をしてきました。殿岡様の供は誰だったのかと聞きました」

「抜かりがないな」

「二十歳前後とおぼしい部屋住みふうだと言いました。染谷と、親し気な口を利いていたとか」

けれどもその侍の名は、分からなかった。

「米俵を、藩邸へ運んだ者ではないか」

「ええ、私もそう思います」

「ならば、下屋敷へ行って確かめてみるか」

聞き出す手立てではないが、房太郎ならば何とかするのではないか。料理屋で聞き出した手口は、自分では浮かばないしできない。正紀や植村でも無理だろう。

二人で、浜町河岸の藩邸前へ行った。そろそろ夕暮れどきになっている。裏門へ回って、人が出てくるのを待った。

「士分の人に聞いても、答えてもらえません。怪しまれるだけです」

「それはそうだろう」

高岡藩でも同様だ。

「渡り者の中間ならば、銭で動きます」

「また銭か」

五匁銀を出したばかりだ。懐には、鐚銭《びたせん》一枚さえ入っていない。いまいましい気持ちだ。

「私が、お貸しいたします。次にお目にかかるときに返していただければ、けっこうです」

染谷の顔を見た女房には、銭を与えた。しかしこの分については、出す気がないらしかった。

「仕方がない」

承知をした。井尻に頼んでみるが、駄目ならば佐名木に泣きつくしかないと腹を決めた。

そうこうするうちに、潜り戸が内側から開いた。出てきたのは、二十代半ばの中間だった。房太郎は駆け寄った。

「お尋ねいたします。お留守居役の供をしている若いお侍は、どなた様でしょうか」

紙に包んだ銭を握らせて、直截《ちょくせつ》に聞いた。余計なことは言わない。銭は、三十文が入っている。

中間は、その包みを掌《てのひら》の上に載せて重さを量った。不満そうな顔をしている。房太郎は、用意していたもう一包みを掌に載せた。これで六十文だ。

自分が出すのだと思うから、青山の心中は穏やかではない。

「そりゃあ、須栗丈之助《すぐりじょうのすけ》様だろう」

国許の藩士の弟で、剣の遣い手だという。殿岡が、昨年末に江戸へ呼び寄せたとか。どういう役目を担っているかまでは、知らないらしかった。

「屋敷の外で会うとしたら、どこへ行ったらいいですか」

「何もなければ、いつも今頃、初音《はつね》の馬場で馬の調練をしているぜ。今日も四半刻ほど前に出て行った」

「いや、助かりました」

房太郎が言うと、中間は包み二つを懐にねじ込んで足早に立ち去って行った。

「では、我らも初音の馬場へ行こう」

浅草《あさくさ》御門の南、馬喰《ばくろ》町にある馬場だ。

「ええ、でも竈河岸の老職人も連れて行きましょう。顔を見ているわけですから」

「よし。そうしよう」

あの爺さんには、五匁銀を与えている。使えるだけ使わなければと青山は思った。

「今度は、初音の馬場ですかい」

迷惑そうな顔は相変わらずだが、ともあれ引っ張り出した。三人で、馬場へ行ったのである。

すでに夕日が馬場一面を赤黄色に染めている。そんな中で、数人の若侍が馬を走らせていた。空に蹄音《つまおと》が響いている。

「この中に、荷運びに関わっていた部屋住みふうはいないか。よく見てくださいな」

房太郎が言うと、老職人は目を凝らして一人一人に目をやった。

「あの、栗毛の馬に乗ったお侍です」

蹄音に乱れがない。見事な手綱捌《さば》きだ。

「間違いないな」

「大丈夫です」

これで引き上げさせた。須栗丈之助を確認したことになる。

須栗は日が落ちる直前まで馬を走らせてから、帰路についた。様子をうかがっていた青山と房太郎はこれをつけ、沼津藩下屋敷に入るのを見届けた。

六

正紀は、屋敷へ戻ってきた青山と房太郎を御座所に迎え入れた。ここには佐名木も呼んでいる。

二人から、今日一日の顚末を聞いた。

「よくやった。駿河屋が仕入れた廻米が、沼津藩下屋敷に囲い込まれているという疑いは、ますます濃くなったぞ」

まずは二人の労を、ねぎらった。

「昨秋から、染谷を使うようになった。そのあたりから駿河屋と殿岡は組んで下屋敷内で囲米をするようになったと思われます。量が増えて、使いやすい須栗を国許から呼び寄せたのでしょう」

「はい。うまくやれば、よい婿の口を探してやる。そう言われたら、喜んで配下になる部屋住みの次男坊はいくらでもいます」

佐名木の言葉を青山が受けた。

「昨年の、飢饉凶作がはっきりした秋の初めから、米価は上がって高止まりをしています。今年がどうなるか分かりませんから、まだまだ値上がりをします。それを当て込んでいるのでしょう」

房太郎はどこまでも商人の目で、廻米と囲米を見詰めている。

「沼津藩邸には、どのくらいの米が納められているのだろうか」

正紀は、浜町河岸の下屋敷へは二度出かけている。邸内がどうなっているかは分からないが、隣接する浜松藩上屋敷よりも広い敷地だとは感じた。米を囲い置く場所は、いくらでもあるだろう。

「駿河屋は、濱口屋や播磨屋だけでなく、他からも仕入れているかもしれません。大坂からの米もあります。店頭に出した量はたかが知れていますから、四、五千俵、あるいはその倍もあるかもしれません」

房太郎は、鼻をうごめかせながら言った。

「その中には、高岡藩の廻米も交ざっております」

青山は憮然《ぶぜん》とした顔で言った。それが、我慢ならないのである。正紀や佐名木も同じだ。

「廻米は、米の値を安定させるための有効な施策の一つであるのは確かでござる。その点では、廻米を奨励する定信様のご判断は間違っていないと存ずる。しかし今は、本来の役割を果たしておりませぬ」

佐名木は決めつけた。

「まったくだ。廻米が、一部の者の懐を肥やすためだけに行われては、本来の施策としての意味がなくなる」

正紀は、二人だけで話をした折の、定信の表情や言葉を思い出した。焦りがあると感じたが、あれは施策がうまくいっていないことを膚《はだ》で感じているからに他ならない。

「そうさせぬための手立てを打つことが、政をなす者の役割でございましょう」

「うむ。そうだな」

正紀は、佐名木の言葉に得心をした。

「では、沼津藩での隠し米が明らかになったら、どうなりますか」

これは青山から、佐名木への問いかけだ。正紀も、聞いておきたい。

佐名木はわずかに考えるふうを見せてから、口を開いた。

「廻米や囲米は、定信様の財政に関わる中核となる施策となる。沼津藩は叱責を受け、当主の忠友様は、間違いなく老中職からは降ろされるであろう。しかもそこで儲けた金子を、府中藩の継嗣問題に使っていたとなれば、切腹や減封《げんぽう》もあるのではないか」

厳しい見方だった。

房太郎が、武家である三人のやり取りとは、やや違うことを口にした。房太郎が関心を持つのは、忠友や沼津藩の処遇ではない。

「廻米でありながら市場に回らず、囲われていた米はどうなりますか」

「それは町奉行所が駿河屋から取り上げるであろう。お上の意向を踏み躙《にじ》った商いをして、私腹を肥やそうとしたわけだからな」

正紀は答えた。

「するとその米は、いっぺんに町へ売りに出されますね」

「これを契機に取り締まりを強めれば、新たな不正の囲米も明らかになるやもしれぬ」

「たとえ数千俵でも、一万俵に近い量ならば、さすがに米価に影響が出ますよ」

房太郎は、それを考えているらしかった。口元が、ほころんでいる。それで正紀は気がついた。

「物の値の基本になる米の値が動けば、それにつれて金や銀、銭の三貨の相場も動く。その方は町の誰よりも先に事情を知るわけだから、両替に関わる者としては、旨味《うまみ》のある話になるではないか」

「はい。お手伝いをさせていただきます。何だって」

生真面目《きまじめ》な顔で言った。かすていらがなくても、やる気まんまんだ。知り合ったときから、現金な男だ。

だがこのやり取りに、青山が水を差した。

「米の値動きに絡めて一儲けをするのは、市井の者の利を、その方が取り上げたことになるのではないか」

それを聞いて、正紀はなるほどと思った。ただそうなると、大麦や銭の相場で金子を得たことは、市井の者の利を奪ったことになる。どきりとした。

しかし房太郎は怯まなかった。

「何物をも生み出さず、ただ品を右から左へ移すだけで、大金を手にしている者はいます。しかし相場は、違法ではありません。商いの流れを、滑らかにさせます。貧しい者を困らせるためのものではありません」

胸を張って口にしている。商いの活動として、当然だと言いたいらしい。

「安値で買った米を、高値で売り儲ける者、高値で買って思い通りにならず安値で売らざるを得なくなった者、さまざまあります。しかしそれで儲けたり損をしたりするのは、貧しい百姓や裏長屋の町人ではありません。金のある人たちです」

「なるほど。だが弱い者は、その折の荒波にさらされるのではないか」

青山が応じた。

「はい。その通りです。ですからそうならないようにするのが、政をなさる方の役割なのではないでしょうか」

この言葉は、正紀の胸に響いた。丸眼鏡をかけ、物の値動きにしか関心を示さない変わり者が、核心を衝いてきた。政をなす者の責任の重さを、突きつけてきたのだ。高岡藩の今後の舵取りを行う者として、房太郎の今日の言葉は忘れまい。正紀は胸に刻んだ。


日によって、京のつわりには重い軽いがあるらしかった。藩医と産婆は、毎日のように様子を診る。前回の轍《てつ》を踏まないためにだ。

すでに三月《みつき》ほどになっていると告げられた。

「大事にしすぎてもいけません」

和や産婆はそう言うが、正紀にしてみれば気が気ではない。和は金のことには口煩いが、他のことにはのんびりとしていた。

「なるようにしかなりませぬ」

と言っている。

京には、一日あったことを伝える。苦しそうならば長居はしない。ただ少しばかり、腹に手を当てる。これはつわりを楽にするおまじないだ。

京が望むなら、いくらでも続けてやる。

「どうだ。おまじないをしようか」

「はい。お願いします」

短い間でも、喜びがあった。

そして三日後、大坂の正国から文が届いた。

文のやり取りは頻繁で、正紀や佐名木は毎月、藩政のありようについて知らせている。しかし今回の文は、いつもと内容が多少変わった。

大坂を立つ支度が整ったことが、まず記されていた。大坂での米不足についても触れられていたが、それだけではない。京の腹の子について、喜ぶ文面も書き加えられていた。

七

青山と房太郎は、駿河屋と沼津藩中屋敷、下屋敷について探りを入れている。とはいっても店や藩邸に問いかけをするのではなく、様子を見張るというものだ。

変事があれば必ず動くはずだし、新たな関わりのある者が現れないともいえない。昨日、調べのために使った銭は、佐名木が出してくれた。できれば銭金を使わないで、調べを進めたいところだ。

表門や裏門、入り堀にある船着場、そして駿河屋の店の様子など、二人一緒だったり別々だったりした。

いつ動きがあるか分からない人や場所を見張るのは、青山にとっては苦痛だ。しかし房太郎は辛抱強い。

「これからも、廻米が江戸へ入津します。そのときには、どのような動きをするか見逃してはなりません」

と言われた。青山は心して見張ったが、一日目は何事もないまま終わった。

二日目、午《うま》の正刻近くに竈河岸で房太郎と会って、青山は朝から駿河屋は何事もなかったことを伝えた。だが竈河岸では、何かがあったらしかった。

「米は囲い込んでいるだけでなく、少しずつ売って、利食いをしている気配があります」

と房太郎は言った。どうやら見張りをしている間、近所で聞き込みをしたらしかった。一通りは聞いていたが、漏れていた者もいたのである。

「数十俵が運び出される様子を見た者がいました」

夜間のことで、荷を運ぶ屋敷の者たちは声を出さない。たまたま酒を飲んで帰った職人が、その様子を目にした。寝静まった四つ（午後十時）に近いころだそうな。

「この時期ですからね、それでも、四、五十両にはなりますよ」

「その金で、深川蛤町の料理屋へ行ったり、府中藩の継嗣問題に口出しをしたりするわけか」

五匁銀一枚で四苦八苦している青山にしてみれば、そう考えるだけで腹立たしい。

「米俵を輸送するのは、染谷や須栗でしょうが、実際に米を売る仕事をするのは手代の宇多吉ではないでしょうか」

「いかにも。ならばあの者の動きを探るのも、調べの内に入るな」

ここのところ、廻米の江戸入津はほとんどなかった。しかし届けられた廻米が、すべて江戸へ運ばれてはいない。これからだ。

「そろそろ、動きがありますよ」

というのが、房太郎の読みだった。

そこで二人は、見張りの対象を駿河屋の笹之助や宇多吉に絞ることにした。

駿河屋のある京橋南紺屋町は、北に京橋川があり西は江戸城の堀に接している。江戸の中心にある町の一つといってよかった。日本橋から南に延びる通町《とおりちょう》筋のような間口の広い目を引くような大店はないが、堅実な商いをする老舗が集まっている。

日差しが日除け暖簾《のれん》の屋号を照らし、小僧は打ち水を忘れない。こういう町にも、日用の品を商う振り売りが姿を現す。比丘尼橋の袂には、湯茶を飲ませる屋台店が出ていた。

「変わった様子は、うかがえないぞ」

どうということのない、商家の姿だ。

ただ時折、何者かに見られている気がした。その度に、それとなく周囲を見回した。不審な者の姿は見当たらない。

「駿河屋にしたら、こちらの方が怪しげな者だろう」

と思う。その日も、何事もなかった。宇多吉は外出したが、顧客らしい薬種《やくしゅ》屋へ行ったきりだった。これは房太郎がつけた。染谷は外出をしなかった。他の手代や小僧は出かけたが、それをすべてつけるわけにはいかない。そこはあきらめた。

そして見張りを始めて三日目になった。昼の四つ（午前十時）頃に、宇多吉が店を出た。一人でだった。

「今日は、拙者がつけよう」

青山は、房太郎を残して宇多吉をつけた。

日本橋界隈を抜けて、両国広小路《りょうごく》へ出た。両国橋を東へ渡って竪川の東河岸の本所相生町《あいおい》の米問屋奥羽屋《おう う》へ入った。

「本業の絹物ではないぞ。いよいよ米の商いではないか」

気持ちが昂った。間口五間ある奥羽屋は、界隈では大店といっていい店だった。竪川に面していて、店の前に船着場を持っている。

このあたりの家並みは、京橋川界隈よりも敷地にゆとりを持って建てられている。

四半刻もしないで、宇多吉は店から出てきた。やって来た道を戻って行く。店に帰るだろうと思うから、青山は奥羽屋に目をやって動かなかった。

すると案の定、店の番頭らしい中年の男が通りに出てきた。竪川の河岸道を、東へ歩いて行く。

「おもしろいぞ」

胸を躍らせて、後をつけた。番頭らしい男が向かった先は、竪川の河岸にある船問屋だった。店にいる手代とは、顔見知りのようだ。

「荷船を頼みたい」

と言っている。秘事ではなく、普通の商いといった様子で話していた。だから耳を澄ませずとも、その中身は聞き取れた。

「十石積みの船を頼みますよ。明日の朝七つ半（午前五時）、浜町堀の入り堀竈河岸へ行ってもらいます」

「はい。承知です」

それだけのやり取りだ。しかし青山の胸は躍った。十石船ならば、積めるのはせいぜい二十五俵くらいまでだ。不正を追及できるものではないが、荷運びの様子を見ることができる。誰が関わるかも、自分の目で確かめられるのではないか。

それで青山は、南紺屋町へ戻った。目にして耳にしたことを、房太郎に伝えた。

「何よりです。ぜひ、様子を見に行きましょう」

意見が合った。

翌未明、青山は竈河岸へ行った。夜明け前で、東の空にも昇る日の気配はまだなかった。暗闇の中から、房太郎も姿を現した。

「早いですね」

「まあな」

意気込みを感じた。竈河岸はもちろん、浜町河岸にも人が通る気配はなかった。

「明るくなってしまえば、目立ちます。暗いうちに運び出そうとするでしょうね」

入り堀の船着場にある門の扉は、閉じたままだ。しかしそう間を置かず、開かれるはずだった。

二人は暗闇の中に身を隠して、十石船が現れるのを待った。

すると船着場にある門の扉が、内側から開かれた。小さな軋み音が、あたりに響いた。けれども、短い間だけだ。そして人の気配が消えた。提灯《ちょうちん》の明かりくらいは残すかと考えたが、それもなかった。

開かれた門の向こうも、闇に包まれている。

青山は、固唾を呑んで荷船が現れるのを待つ。扉が開かれた以上、荷船の到着は間近なはずだ。

だが……、現れない。

「おかしいですね。どうしたのでしょう」

辛抱強いはずの房太郎が呟いた。東雲《しののめ》の空に、赤みが兆し始めている。荷船も現れず、扉も閉じられない。

「ちと、様子を見てみましょう」

荷船も気になるが、屋敷の中の様子も覗いてみたいらしかった。こういう機会は、めったにない。荷船が来れば艪の音で分かるから、気づいたところで引き返せばいいと踏んだのだろう。変化のない屋敷の様子に、業を煮やしたのかもしれなかった。

だが水野家の者に見つかっては面倒だ。特に敷地内に入ってしまうと、言い訳がきかない。それこそ不審な闖入者《ちんにゆうしや》として殺されても文句は言えなくなる。

「よせ」

青山は声をかけた。房太郎を死なせてしまうわけにはいかない。

一つのことを思い詰めると、周りが見えなくなるのはいつものことだ。大きな声を出せない青山の制止など、耳に入らないようだ。

「しかたのないやつだ」

後を追った。連れ戻すつもりだ。

船着場についた房太郎は、開かれた門の前に近づいた。中の気配をうかがっている。敷地に入る直前で一度止まったが、そのまま中に入ってしまった。

このとき、青山も船着場に辿り着いている。さらに駆け込んで、三歩四歩と進む房太郎の腕を摑んだ。

「出ろ」

敷地の外へ引きずり出そうとしたのである。だがそのとき、目が眩むような光を顔に当てられた。

「屋敷に忍び込む狼藉者《ろうぜき》」

という声が上がっている。屋敷内に潜んでいた者から、龕灯《がんどう》の明かりを向けられたのだと知った。抜き身の刀を手にした侍が、闇から姿を現している。

「入り込むのを、待っていたな」

と気がついたが、後の祭りだ。

自分一人ならば、逃げ出す自信はあった。しかし房太郎をそのままにはできない。

呆然として体を固くしている房太郎の腕を引いた。だが抜刀をした沼津藩の侍が斬りかかってきた。青山は、門扉の外へ房太郎の体を突き飛ばした。

「ひえっ」

房太郎の体は、門の外の船着場まで転がった。止まろうとしても自力では止まらない。

ここで門扉が閉じられた。青山は、中に入ったままだ。

「ああ、青山様」

叫んだが、己を捕えようとする藩士が、目の前に来ていた。突棒《つくぼう》を手にした者で、一撃を突きかけてきた。青山を気にするどころではなかった。

転がって避けたが、もう一度突かれたらもうだめだと覚悟した。突棒の男は突かないで、躍りかかってきた。肩を摑まれた。捕えようとしている。身をよじったが、どうにもならなかった。

だがそこへ、深編笠を被った侍が現れた。房太郎を捕えようとする者の二の腕を、手にあった鉄扇で打ち付けた。

骨が折れる音がした。身が軽くなったその直後、今度は深編笠の侍に体を引きずられた。船着場にはいつの間にか小舟が停められていて、それに乗せられた。

同時に深編笠の侍も小舟に乗り込んでいる。艫綱《ともづな》が外され、小舟はあっという間に船着場から離れた。自分は救われたのだと、ここで気がついた。

「あ、青山様が」

房太郎は叫んだが、取り返しになど行けないのはよく分かっていた。

第三章　藩の明暗

一

高岡藩上屋敷へ、泣きはらした顔で房太郎が駆け込んだのは、すっかり明るくなった頃だという。動転していて、ろれつが回らない。何を言っているのか、門番は初め理解できなかったらしい。

ただ房太郎が屋敷へ顔を出すのは初めてではないので、門番は顔を覚えていたという。まず井尻に報告され、それから佐名木、そして正紀にまで伝えられた。

すぐに邸内の一室に入れて、三人が話を聞くことにした。

「あ、青山様が、ぬ、沼津藩に、と、捕えられて……」

涙と鼻水で歪んだ顔は、ぐちゃぐちゃだ。丸眼鏡がずり落ちそうになっている。落ち着かせるために、水を飲ませた。

青山と沼津藩下屋敷へ様子を探りに行くところまでは、知らせを受けていた。何かがあって青山が捕えられたらしいが、話が飛んだり、嗚咽が交じったりするので詳細がなかなか分からない。

「荷船は現れず、門扉は開いたままだったので、様子を見に青山が屋敷内へ入ったわけだな」

「そ、そうですが、違います。わ、私が、先に、先に入って……」

またここで泣きじゃくる。

「わ、私が、ま、間抜けだから」

と自分を責めた。この気持ちが、大きいようだ。

房太郎が口にした中身を、正紀らが整理し補いながら、ようやく事情を知った。

「これは、厄介な話でございます」

井尻も顔を顰めさせながら口にした。高岡藩士が、沼津藩邸へ勝手に入り込み捕えられたのである。藩を揺るがす大事件といってよかった。

公になれば、青山が腹を切るだけでは済まない。当主にも責めが及ぶのは明らかだ。

「親しい藩ならば何とでもなりますが、沼津藩では、相手が悪すぎます」

「奏者番就任の話は、間違いなく消えるでしょうな」

井尻に続けて、佐名木が口にした。

「それで済むか」

正紀の脳裏には、憎々し気な忠友や殿岡の面貌が浮かんでいる。

「分かりませぬ」

険しい顔で、佐名木は首を横に振った。

「当家を陥れるために、仕組んだのだな」

怒りと苛立《いらだ》ちを胸の奥に押し込んで、正紀は言った。

「開かれた門扉の中だが、荷出しの支度はできていたのか」

「そ、それは」

佐名木の問いかけに、房太郎は頭を捻った。必死に思い出そうとしている。

「暗がりでしたが、な、何もなかったと思います」

やっと答えた。

「ならば、やつらは忍び込むのを、待っていたかのようではないか。まんまと嵌められたな」

正紀が言うと、房太郎はまたわっと泣いた。先に入り込んだのは自分で、青山は止めようとしたのだと、すでに話していた。

事の重大さに気づいて、泣くことしかできない様子だ。

荷船は来なかった。相生町の米問屋奥羽屋が依頼した一件は、青山に見せる芝居だったのか。それとも駿河屋が、後になって取り消したのか。どちらにしても、青山や房太郎を嵌めるために一計を謀ったものと思われた。

「あれこれ探っていたことに、気づかれたのであろう」

「そ、そういえば、誰かに見られていると、感じたことがありました」

房太郎は認めた。そして恐る恐る問いかけてきた。

「あ、青山様は、どうなるのでしょうか」

何よりも、案じられる様子だ。それは正紀を含めて、居合わせる者のすべての思いであり怖れだった。

「あの方に何かあったら、わ、私は、生きてはいられません」

房太郎は、体を震わせた。ここでは、泣いてはいなかった。泣いている場合ではないと、感じたのかもしれない
「すぐに殺すことはあるまい。青山の命を奪うことが、向こうの目当てではないからな」

「そ、そうでしょうか」

「早晩、何かを言ってくるだろう」

佐名木は、慰めを口にしたのではない。青山の身がどうなるかは分からないが、取引きの材料に使うのは間違いなかった。斬り捨ててしまっては、それができなくなる。

「それにしても、その方を船着き場から救ったのは、何者か」

これについては、まだ聞いていなかった。浜町堀から大川へ出て、両国橋下の船着き場で降ろされたとは話していた。

正紀の問いかけに、他の者も頷いた。沼津藩の者ではないし、高岡藩の誰かでもない。

はっきりさせたいところだ。

「主持ちの、身なりのいいお侍でした。歳は二十二、三でしょうか。船から降りる時に、お名を伺いました」

心乱れてはいたが、命を救われたと思っているから尋ねたのだ。深編笠を被っていても、同じ船に乗っていたので、艪を漕いでいた侍の顔は下から覗けた。

「申してみよ」

「ええと、そうそう、広瀬様と聞きました。どこのご家中かは、言いませんでした」

「ほう」

正紀は驚いた。佐名木と目が合った。

「吉田藩の、広瀬清四郎であろうか」

他には浮かばない。ただ広瀬という苗字《みようじ》は、取り立てて珍しいものではないから決めつけるわけにはいかないだろう。

「おそらくそうかと思われますが、意外ですな」

広瀬の主君である松平信明は、正紀の藩の仕置について不満を持っている。麦、銭相場で浄心寺改築の分担金を作ったことについて商人のようだと言われたことがあるし、一揆の処罰についても異を唱えられた。政に対する考え方には、大きな隔たりがある。

しかし信明は、正紀や高岡藩を、意図的にどうこうしようというわけではない。

「いかにも。広瀬ならば、信明様の意に反することはしないであろう」

「すると信明様には、当家を手助けする意図が、どこかにあることになります」

廻米の触《ふれ》の折には、水野と信明はともにそれを進める立場で力を合わせていた。共謀して悪巧みを進めているとは考えられないが、納得はいかない。

「なぜ救ったのか」

今のところは、見当もつかなかった。

山野辺は、朝のうちに北町奉行所へやって来た高岡藩の家臣から、青山が捕えられた顚末を知らされた。大名屋敷内の出来事が絡むと、町奉行所の与力ではどうにもならない。しかしだからといって、仕方がないと見過ごすつもりはなかった。

廻米の行方を確かめたい青山や正紀の気持ちを、山野辺も理解できるからだ。この一件には、すでに手を貸している。

「急がねばなるまい」

と思うから、町廻りのお役目は後回しにして、本所相生町の奥羽屋へ足を向けた。店は何事もないように表戸を開け、商いをしていた。屋号を記した藍《あい》暖簾が、微風に揺れている。

山野辺は、腰に差した十手に手を触れながら、姿を現した手代に問いかけた。

「今日は、米が入荷する日ではなかったか」

咎める口調ではない。

「はい。その運びになっていましたが、先方様から一日延ばしてほしいと告げられまして」

日暮れた後らしかったが、手代が来たそうな。

「もともと、仕入れる話になっていたのか」

「いえ、いきなりのお話でした」

これで青山は嵌められたのだと、山野辺は確信した。

「門扉を開けたままにしたのは、おびき寄せるためか」

そう考えた。向こうにしてみれば、飛んで火にいる夏の虫だ。

二

「きっと、殿岡あたりが何かを言ってくるぞ」

正紀は佐名木と話して、申し入れが来るのを待つことにした。正国が江戸に戻る直前に、難題を抱えることになった。

青山はすぐに命を奪われることはないだろうが、どのような扱いを受けているかは気になった。房太郎は熊井屋には戻らないで、このまま屋敷に置いてくれと言った。何かの動きがあれば、関わりたいと考えているようだ。

だが半日たっても、水野家から何かを言ってくることはなかった。

「いったい、何を企んでいるのか」

青山を奪い返す手立てが浮かばないまま、時が過ぎて行くことに焦りと苛立ちが出てくる。こういうときは、京に話を聞いてもらって、気持ちを整理したいと正紀は思う。

「青山の命を、軽んじてはなりますまい」

話を聞いて、京がまず口にした言葉はこれだった。確信を持った口調で続けた。

「藩のなした廻米の行方を案じ、房太郎の命を守ろうとしたゆえのことです」

いつもの高飛車な物言いだが、胸に沁みた。

「しかしな、場合によっては監督不行き届きで減封になるやもしれぬぞ」

たとえ一石でも減れば、高岡藩井上家は大名ではなくなる。その虞は、いつも正紀の胸の内にあった。家禄を守れなければ、わざわざ婿入りをした意味がなくなる。

「おれは一万石の大名家に、自分のすべてを託してやってきた」

その気持ちは変わらない。

「ならばそうなる前に、至急の手立てを講じなくてはなりますまい」

京にしても、減封は望まないはずだ。帰還する正国は奏者番に就任するはずだった。紛れもない栄転だが、それどころではない話になったのである。しかし愚痴《ぐち》や恨み言《ごと》は口にしなかった。

「強い女子《おなご》だな」

と正紀は思う。水野家が何かを言ってくるのは間違いないから、それに合わせた対策を練らなくてはならない。

「睦群さまのお耳には、入れておくべきでしょう」

と京は続けた。


正紀は、赤坂御門外にある今尾藩上屋敷を訪ねた。火急のこととして、睦群への面会を求めたのである。今尾藩の重臣で、正紀を知らない者はいない。

手間取ることもなく、面談が叶った。

「面倒な真似をしおって」

話を聞いた睦群は、吐き捨てるように言った。廻米の行方を明らかにしようとする青山の気持ちよりも、このことが引き起こす事態の推移に気持ちが行ったらしかった。

「水野は、老中に残れるかどうかの瀬戸際にいる。落ちれば、田沼殿の二の舞だ」

田沼意次は一昨年に老中職を失脚した折、五万七千石だった家禄は二万石の減封となった。さらに昨年十月には、残りの三万七千石を召し上げられ蟄居《ちっきょ》の身の上となっている。権勢を誇った田沼意次だが、今は見る影もない。孫の意明《おきあき》が、昨年十月に陸奥国下村《しもむら》に一万石を得て、かろうじて大名として名を残しているばかりだ。

「ああはなりたくないだろうからな、水野も必死だ。正国様が奏者番になれば、あやつはさらに追い詰められる」

水野を老中から降ろそうとする尾張徳川家の力が、大きくなる。

「これは政争だ」

と睦群は言い足した。己が生き残るためならば、小大名の一つや二つ潰してもかまわないという水野の考えを踏まえたものだ。

「はい」

「殿岡あたりが、仕組んだのであろうな」

正紀と同じ考えだ。

「救い出す手立ては、ないのでしょうか」

これが何よりも知りたいところだ。

「あるわけがない。おびき寄せられたのだとしても、形としては藩士が他藩の屋敷に勝手に入り込んだのだぞ」

あっさりと言われた。尾張徳川家であっても、どうにもならない。

「水野はそれを踏まえて、仕組んだのだ」

と決めつけた。すでに廻米の調べどころではなくなっている。

「では、どうすればよろしいので」

「まずは向こうの出方を見るしかあるまい。半日以上経つが、水野はまだこの件を公にはしておらぬ」

尾張藩にこの知らせは入っていない。入っていれば、すぐに睦群の耳に届く。

大名家を監督する大目付に届け出れば、御三家や幕閣にはすぐに伝えられる。それをしていないということだ。

何かの企みがあると考えるのが普通だ。

「無駄に騒ぎ立てて、話を大きくするな。向こうの出方にもよるが、青山は腹を切らねばならぬかもしれぬ。覚悟をしておけ」

「いや、それは」

受け入れられない。京とも、話したばかりだ。

「甘いことを言うな。高岡藩が、大名でいられるかどうかの瀬戸際なのだぞ」

睦群が、自分や藩のことを慮《おもんぱか》って言ってくれているのはよく分かる。ただこの部分では、考え方が異なる。

　さらに正紀は、房太郎が広瀬らしい者に救われた件も伝えた。

「なぜでしょうか」

あくまでも吉田藩の広瀬だとしたらの話だが、下手をすれば巻き添えになったかもしれない。その危険を冒して、救い出した。

「定信殿も信明殿も、せっかくの廻米を市場に出さず囲米とする者に、腹を立てている。あるいは水野を怪しんでいるのかもしれぬ」

　正紀らがしたように、段取りを追って慎重に米の行方を調べて行けば、駿河屋や沼津藩に辿り着く可能性は大きい。それならば大横川にある駿河屋の納屋に、広瀬が顔を出したことも頷ける。

「では早朝の輸送についても、何かの手立てで気づいていたことになりますね」

「広瀬は切れ者だ。信明殿の懐刀だからな」

「はい」

　それに異議はない。

「ただ救いの手を出したのは、信明殿の指図ではないだろう。広瀬のその場の判断ではないか」

「信明様がこちらの味方だと考えるのは、まだ早いですね」

「もちろんだ。誰であっても、容易《たやす》く心を許すな」

睦群は、最後まで険しい顔を崩さなかった。

三

正紀が今尾藩邸へ行っている間、植村と他の家臣数人を沼津藩の上屋敷と下屋敷の様子を窺いにやっていた。

水野は登城をしていたし、数名の藩士の出入りはあった。すべての藩士をつけるわけにはいかないから、見過ごした。だから駿河屋との連絡は、どこかでとった可能性はあった。

しかし大名家の使者や、大目付の配下が出入りをするなどはなかった。殿岡の姿を見ることもなかった。高岡藩への苦情もなかった。

不安な気持ちを抱えて、夜になった。

房太郎は屋敷に残っている。正紀に対面を求めてきた。

「私を、青山様と引き換えに沼津藩邸へやってください」

顔を見ると、早々に言った。神妙な面持ちだ。長屋に引っ込んでから、ずっとそれを考えていたらしかった。

黙っていると続けた。

「あの方は、私を守るために藩邸に入りました」

自分のせいでこうなったと己を責め、自分を突き飛ばすことで逃がしてくれた青山に対して、恩義を感じているらしかった。

物の値動きや、相場による利益のことしか考えない者だと思っていたから、驚いた。

「行けばどうなるか、分かっているか」

「は、はい」

消え入りそうな声になって頷いた。目に涙の膜ができているが、泣いてはいない。

「それでも行くのか」

と念を押した。

「私の不始末ですから、私が帳尻を合わせるべきかと」

自分が出した損失は、自分が負う。恩義はあるが、それだけではないらしかった。

商人らしい考え方だと見直したが、その理屈はこの度の件では通用しない。

「向こうの罠《わな》にまんまと乗ったのはこちらだが、向こうは目当てを持って仕掛けてきた。欲しいのはその方ではなく、青山だ。奪い返すことを考えなければなるまい」

身代わりにはなれない旨を伝えた。

「他のことで、役に立ってもらおう」

「分かりました」

房太郎は、唇をかみしめた。


翌日正午近く、水野家から申し入れがあった。殿岡武左衛門が、当主水野忠友の名代として訪ねたいというものだった。

否も応もない。「謹んで」と待つことを伝えた。

「いよいよだな」

正紀は腹を据えて、迎え入れるつもりだ。

一刻半後、殿岡は供侍を従えて、高岡藩上屋敷へやって来た。正紀は玄関式台まで出迎えたが、厳しい表情を崩すことはなかった。

客間に通した。水野の名代としての訪問なので、上座を勧めた。殿岡は当然のように、床の間を背にして座った。

やり取りの場には、佐名木も加わっている。

「すでに存じておろうが、井上家家臣青山太平についてである」

表情の険しさはもちろんだが、物言いには冷ややかさも感じた。正紀と佐名木は、黙って頭を下げた。

「屋敷内に押し入った、狼藉者として捕えた。本人も、侵入を認めておる。不届き千万な話である」

声に力がこもっている。殿岡にしても、ここは勝負所と踏んでいるのだろう。気合いが入っていた。

勝手に入ったことには違いないから、屋敷に入り込んだ件については、青山も認めるしかなかったはずだ。

「井上家の家臣が当家に押し入ったとなれば、ただの物盗りとは事情が違う。何ゆえの暴挙か」

殿岡は青山が個人でなしたことではあっても、井上家の不祥事として捉え、話を進めようとしていた。何を求めてくるのか、それがはっきりするまで、余計な口は開かないつもりでいた。

「殿もご立腹でな、ただでは済まさぬ所存である。当家では大目付に伝え、上様のお耳にもお入れ申し上げる所存である」

正紀としては囲米の件を訴えたいところだが、確証がない以上は口にできない。そのための調べをしていたとしても、勝手に敷地内に入ったことには変わりがなかった。

「上様のお耳に」というのは脅しだが、こちらの出方によってはやりかねない。

そろそろ、黙っているだけでは済まなくなってきた。

ただ下手《したて》に出たくはない。もとをただせば、向こうが企みを仕掛けてきたことだ。

腹にあるのは憤怒《ふんぬ》だから、何か言えば争いになってしまうかもしれない。

「穏便に済ませる手立ては、ござらぬものか」

ここで口にしたのは、佐名木だった。落ち着いた声で、怯んではいない。

正紀は、自分も冷静にならなくてはいけないと考えた。

「そうでござるな」

殿岡は、わざとらしく考えるふりをした。もったいをつけたのか、焦らそうとしたのか、それは分からない。険しい顔をくずさずに口を開いた。

「手立てとしては、二つある。一つは藩士の侵入を認めた上で、大目付からの処罰を受ける。青山の身柄は、藩へお引き渡しいたそう。ご処分は、高岡藩でなされればよい」

生かしておいてもかまわない、というものだ。しかしこれは事を公にして、藩として処罰を受けろというものだ。正国の奏者番就任どころではない。減封やとんでもない土地への領地替えも覚悟をしなくてはならない。

自分の顔が、強張ったのが分かった。悔しいが、殿岡はその狼狽《ろうばい》に気づいたらしかった。わずかに、満足そうな表情を浮かべた。

「とはいえ、当家も事を荒立てたいわけではない」

わずかに間を置いてから、再び口を開いた。わざとらしく、こほんと咳《せき》を一つしてからだ。

「青山一人の不始末として、当家で処罰をいたし、高岡藩では当家の寛大な処置を汲み取り善処をしていただく」

皮肉っぽい嗤《わら》いを口元に浮かべた。ここからが、向こうの本音だ。

「たとえばどのような」

感情を押し殺した声で、佐名木が問いかける。正紀は固唾を呑んで、殿岡の言葉を待った。

「まずは謹慎の意を示し、正国様には奏者番のお役目をご辞退いただきましょう。さらに当家への親しみの印として、府中藩の世子の選定について守山藩の信典様を、藩主頼前様やご正室品様にご推挙いただきたい」

「な、何と」

とんでもない条件だった。殿岡は、本性を剥き出しにしてきた。到底受け入れられる話ではない。

「府中藩の世子については、こちらが口にする筋合いではござらん」

絞り出すような声で、正紀は言った。すると殿岡は、嘲笑うような眼差しを正紀に向けた。

「正紀様は、頼前様や品様とは御縁戚というだけでなく、御昵懇と聞き及びまする」

一歩も引かないという響きが、言葉の中にあった。

「ふざけるな」

とは思うが、これを呑めば、青山の命一つで一件は何事もなかったことになる。減封や国替えの虞も消える。奏者番の話も、なかったと思えば済む。

「しかしな」

殿岡は改めて正紀と佐名木に目を向けてから、言葉を続けた。

「今、拙者が申したことは、殿の思し召しではない。拙者の一存だ。井上家の返事を受け取った後で、殿に申し上げる。当家としては、あくまでも初めに申した大目付に届けるのが筋と心得る。だが、井上家がどうしても後者の案にしてほしいと願うのであれば、考えぬでもないという話だ」

当主の水野と打ち合わせた上での話なのは間違いない。それをこちらから申し出た形にしろと言っている。卑怯な遣り口だった。また恩着せがましい言い方も、気に入らなかった。

「さあ、いかがなされるか」

殿岡が、片膝《かたひざ》を前に出した。

「当家では、まだ殿は大坂からお戻りなされぬ。ゆえに即答はいたしかねる」

正紀は返した。返事は、少しでも先延ばしにしようと伝えていた。

「ご帰還を待つわけにはいかぬ。長く間を置けば、大目付様より当家の不処置を咎められる。しかしな、数日ならば待ってもよい」

五日後までにと、返答の期限をつけられた。

四

「どちらにしても、受け入れられる話ではない」

「さようです。ただ殿岡は、後者の案を吞ませるつもりで来たのでしょう」

正紀の言葉に、佐名木が応じた。殿岡が引き上げた後のことだ。

奏者番を辞退するだけでなく、府中藩の継嗣問題の後押しまでしろと告げられた。しかも青山の命を奪った上でだ。

「いっそ、大目付に届けろと伝えてみようか。それをすれば、尾張徳川家を完全に敵に回すことになるぞ」

「それは分かった上でのことでございましょう。一万石ぎりぎりの当家は、それをしないと踏んでいるのではございませぬか」

足下を見られている。

「悔しいな」

五日が期限では、正国の指図は仰げない。正紀の権限で事を決め、場合によっては腹を切らなくてはならないだろうと考えた。ただ判断を下す前に、藩の重臣や主だった者の意見は聞いておくことにした。

佐名木や井尻の他、江戸の士分以上の者を広間に集めた。青山の件はすべての者が知っているから、集まった者たちの表情は硬い。誰もが藩の行く末を気にしている。

「今日は、その方らの存念を聞きたい」

佐名木が詳細を伝え、どのような対処をすべきか問いかけた。

初めは息を呑んで、みな周囲の者の様子をうかがった。そんな中で最初の声を発したのは、先手弓頭《さきてゆみがしら》を務めている中年の勤番侍だった。

「青山は、熱意のある者でござる。今後も藩のために尽くすであろうが、此度《こたび》の件では、あの者に落ち度があった。捕えられるなど、言語道断。減封や国替えは、何があっても避けることを考えねばなるまい」

事を公にはしないという考えだ。これには複数の者が頷いた。

減封は、大名家でなくなるだけではない。藩士の家禄が減り、減らされる量によっては、お役御免の者が出るのも必定だ。また国替えは、家中揃っての遠方への移動だから、とてつもない手間と金がかかる。慣れ親しんだ土地を離れ、縁もゆかりもない土地へ移ることになる。

しかも懲罰的な意味での国替えとなれば、瘦せた土地となるのは必定だ。高岡藩は、凶作続きで今は苦しいが、利根川の水利に恵まれていて、平年作ならば実高《じつだか》は一万二千石あった。

下目付をしている二十代半ばの者が口を開いた。

「堤普請のお陰で、水害の虞はなくなった。高岡河岸も、塩と淡口醤油だけでなく、他の荷も置かれるようになり申した。これらは若殿様を中心に、我ら藩士領民が力を合わせたことで成り立っている。これらを一人の者のしくじりのために手放すのでござろうか」

この藩士は、高岡への塩運びの折に同道をした者だった。この発言に頷いた者は、前の意見よりも多かった。

「いかにも。今の凶作さえ凌げば、これまでの辛抱と苦労は報われることになる」

これは意見というよりも、呟きだった。それぞれが、己の思いを口にし始めた。しかしいくつもの選択肢があるわけではない。

《ここは向こうの申し入れを、飲むしかないのではないか》

という流れになった。しかしここで、使番《つかいばん》の老藩士が声を上げた。

「いずれももっともな考えだが、忘れてはならぬことがある。青山は、当家がなした廻米の行方を探っていたのである。その中で奸計《かんけい》に嵌ったのだ」

「うむ。水野家には、私腹を肥やすための大量の囲米があるとか。それをそのままにして、青山に腹を切らせるのか」

持筒頭《もちづつがしら》を務めている者だ。これに反する発言をする者はいなかった。無茶な廻米を押し付けた元凶は水野だった。

「しかしな、長い目で見なくてはなるまい。一時の激情で事を決めてはとんでもないことになる。そもそも国替えとなった場合、移動に要する費えはどこから出るのか。藩庫には、余分な金子は鐚一文ござらぬ」

藩主や家臣だけでなく、その家族も伴った大掛かりな引っ越しとなる。家財道具は始末するか、荷車に積んで運ぶことになる。歩くのにも難渋するような老いた者もいれば、幼い子どももいた。考えただけでも、ぞっとする話だ。

聞いていた多くの者が、顔を顰めた。

この言葉を発したのは、井尻である。この男は、青山の命がどうなってもいいとは考えていない。しかし勘定方として、藩の実情を伝えていた。

「ならば、無茶な申し入れを、受け入れるしかないのか」

無念の声が上がった。青山の命はないものとなるが、それを忍ぼうというものだ。

「いや待て、示された二案の外に、何か手立てはないのでござろうか」

青山の働きを可とした、持筒頭が言った。

「案がある者は、申してみよ」

佐名木が、一同を見回した。

「尾張徳川家に、お力添えをいただけないのでしょうか」

若い藩士だ。

「おお、そうだ」

と声が続いた。だが使番の老人の言葉が、一同を黙らせた。

「水野は、尾張徳川家を敵に回すつもりで当家に難題を吹っかけている。仲介を受け入れると思うか」

ううっと呻き声を上げた者はいたが、それだけだった。

「返答をするには、今日を入れて、まだ五日ある。その間に妙案が浮かばないとも限らぬ。知恵を絞ろうではないか」

正紀は言った。もともと今ここで結論を出すつもりはなかった。一同の存念を聞けたことには、意味があった。

五

結論を出すのは五日後だとはいえ、ぼやぼやしていればすぐに期日は来てしまう。藁《わら》にもすがるつもりで、正紀は考えた。

尾張徳川家に泣きつくという手は、前にも考えた。しかし藩主宗睦に頼んでもだめだというのは、前に兄にも言われた。

伯父は藩と藩との出来事の場合、情では動かない。家臣の命はもちろん、高岡藩存続のためであってもそれは曲げない。

正紀はそういう話を、京にした。殿岡の申し出や、それについての藩士らの意見も伝えた上でだ。

「では、松平信明さまはいかがでしょうか」

思いがけないことを言われた。

「まさか」

驚きの声を上げたが、京はかまわず続けた。

「あのお方ならば、水野家に何か言えるのではないでしょうか。房太郎をあの場から助けたのは、ご家臣でした」

「なるほど」

耳にした直後は突拍子もない話だと感じたが、話を聞いて考えが少し変わった。

水野は、定信の側近である信明を粗末には扱わない。その言葉に耳を貸すと思うが、信明は宗睦と同じ、いやそれ以上に情では動かない人物だ。

何かを頼んでも、冷ややかな目を向けられるだけだろう。

かつて浄心寺の普請の折に力添えを得たことがあるが、あの時とは事情が違う。青山が勝手に藩邸に入り込んだという事実は動かない。

　それきり何も言えずにいると、京は違うことを口にした。

「では、水野さまの囲米を暴《あば》いてはいかがですか」

「それはそうだが」

「明らかになれば、青山の話など吹っ飛んでしまいます」

　力強い口ぶりだった。

　もっともな話だが、それができないから青山は囚われの身になってしまった。

　その翌日、京はつわりがいつもよりもきつかった。朝の読経の折も声を出すことさえ、やっとの思いだった。

　しかし青山が捕えられて、高岡藩が追い詰められていることは分かっているから、苦痛を表には出せなかった。どう対処するかで頭がいっぱいの正紀は、京の不調に気がつかなかったようだ。

「大丈夫ですか」

　和は気づいたらしかった。

「はい。じきによくなります」

だるさや吐き気はあるが、何かの手立てがあるわけではない。今は堪えようと思った。京の気持ちの奥にあるのは、正紀の役に立ちたいということだけだった。それが高岡藩の危急を救う手立てになると信じるからだ。

「では何があるか」

頭に浮かんだのは、信明の正室暉である。

井上本家との関係で、京は幼い頃から井上正経《まさつね》の娘である暉姫を知っていた。とはいえ、親しかったわけではない。いかにも思慮深そうで、めったにはしゃぐ姿を目にすることはなかった。実際の歳の差以上に、大人に見えた。

近寄りがたかったのである。暉からも、声掛けをされることは少なかった。

ただ浄心寺の改築の折に、頼みごとをしたことがあった。はっきりとは分からないが、あのときは信明に伝えてくれていた。ただそれは、信明と同じ考えだったからだとも受け取れる。

ともあれ京は、暉を頼ってみることにした。つわりは辛いが、日にちは限られている。一夜が明けて、残りは四日となった。

京は、思いついたらじっとしていられない質《たち》だった。

訪問の打診をすると、承諾の返事があった。髪を結い直し、化粧もし直した。派手にはしないが、暉と会うときはきりりとした顔でありたかった。

体のだるさも吐き気も、ずっと続くわけではない。身支度ができると、気持ちも体も引き締まった。駕籠に乗って、三河吉田藩上屋敷へ向かう。

駕籠は揺れる。急ぐなと伝えてはいたが、それでも担われている以上は仕方がなかった。途中で気分が悪くなった。しかし引き返そうという気持ちにはならなかった。

駕籠が屋敷に着いて停まったときには、ほっとした。

奥の玄関から中へ入り、中年の侍女の案内で客間に向かう。廊下は、顔が映るくらいに磨き込まれていて、滑らないかと気になった。

すると治まっていた吐き気が、ぶり返した。親しくもない屋敷へやって来て、無様な姿は見せられない。歯を喰いしばったが、どうにもならなくなった。

廊下の隅によって、しゃがみ込んだ。

「大丈夫でございますか」

「はい」

侍女の問いかけに答えた。気力を振り絞って立ち上がった。わずかにふらついたが、腹に力を込めたら、気持ちの悪さは幾分治まった。

案内された部屋に入り、暉が現れるのを待った。その間、何度も深く息を吸ってゆっくり吐いた。

衣擦《きぬず》れの音がして、襖が開かれた。

「よく来られた」

向かい合って座った暉は、一応歓迎の言葉を述べた。とはいえ喜んでいるようには感じない。

暉は昔から、表情の豊かな女ではなかった。饒舌でもないから、話す中身に窮する。とりあえずは、浄心寺の落慶法要の話をした。互いに縁の深い寺だから、話は繋がるが、それは前置きに過ぎない。

意を決して、訪ねた用件を切り出した。

「高岡藩は、窮地におりまする」

正直に、知っているすべてを伝えた。そして房太郎が、広瀬に救われた件について礼を述べた。

暉がこの一件について、どこまで知っているかは分からない。ただ最後まで聞いてくれた。話の中身について、問いかけてくることはなかった。

「それで、何を望むのですか」

訪問の意図を、問いかけてきた。好意的ではないが、突き放す言い方でもない。暉が自分に向ける眼差しは、いつもこうだった。

「青山の命を、救いたく存じます」

これについては、何があっても怯まずに口にしなくてはと思っていた。

「ならば、大目付に届けてもらい、身柄を引き取るしかありますまい」

暉は感情のこもらない声で言った。他に手立てがないなら、そうするしかあるまいという意見だ。

「水野さまは、江戸に運ばれた廻米を市場には出さず、屋敷内で囲米としております。青山はその調べをしておりました。青山を死なせ、殿岡どのの要求を受け入れれば、高岡藩は不正な囲米の加担をすることになります。また大目付に届けるとなると、青山の身柄は返されても、囲米の調べを進めることはできませぬ。重い処罰を受けるのは間違いありません。調べどころではなくなります」

「処罰を受けながら、訴えればよいのでは」

暉はあくまでも冷静だ。

「こちらは家臣が、ご老中さまのお屋敷内に忍び入ったかどで処罰を受けまする。これは一万石が、天下のご老中を裁こうという話でございます。確たる証拠がなくては、大目付さまは動きませぬ」

奏者番就任の話などしない。話の要諦はこれだと考えるからだ。

「ならばその証拠を、探すしかありますまい」

きっぱりと暉は言った。青山や高岡藩のために、何かをするというものではない。

ただ不思議に、切り捨てられた気持ちにはならなかった。

それは自分に向けてくる暉の、眼差しのせいかもしれなかった。言葉を続けた。

「信明さまは、すでに高岡藩のために動いております」

「えっ」

仰天した。何を言い出すのかと思った。

「水野さまは、一昨夜のうちに事の次第を当家に伝えてまいりました。高岡藩への取引については、何も言いませんでしたが」

水野は、すぐに大目付に届けるつもりはなかったことになる。信明は、その前に広瀬からの報告を受けていた。

「屋敷内に他藩の者が押し入ったと、公式に大目付に申し出られたら、それが事実であるならば、誰であってもどうにもなりませぬ」

「それは……」

頷かざるを得なかった。

「そこで信明さまは、昨日早朝に水野家の上屋敷をお訪ねになりました。公に届け出る日にちを伸ばすようにと伝えたのです。公にするのは、井上家の対応を見てからでよいのではないかという話です」

「水野さまは、お受け入れになったわけですね」

「はい。殿岡らは、高岡藩は青山の命を見捨てるだろうという判断です」

先延ばしされた、五日という日にちの意味を京は知った。

「……………」

「すでに残りは四日となりましたが、手立ては他にありません」

「囲米の証を、握るということですね」

「そうです」

決然とした口ぶりだ。

「信明さまも、水野さまが囲米をしているとお考えなのでしょうか」

と尋ねてから、広瀬が前からこの件に関わっていたらしいという話を思い出した。

京の問いかけに、暉は答えなかった。しかし胸の内は分かった。

「正紀さまに伝えまする」

これで立ち去ろうとしたとき、暉が話題を変えた。

「そなた、子を身ごもっていますね」

言われてはっとした。廊下で気分を悪くした。案内の侍女が話したらしかった。弱いところを見せてしまったと悔やんだが、暉は初めて口元に笑みを浮かべた。

「大事になされよ」

「はい」

初めて、互いの暮らしに触れる話をしたと思った。

「そなたは、つわりの苦しみを負ってここへ来られた。祝言に至るには、竹腰家と井上家でやり取りがあったと聞くが、そなたは幸せらしい。何よりなことです」

と言った。家と家との縁組みだから、初めから夫婦の絆《きずな》があったわけではない。それでも夫のために、辛い役目を果たしに来た。つわりで苦しむ中でだ。

暉はそれを言いたかったようだ。

その口ぶりが、どこか寂し気だった。そういえば、信明と暉の間には子がいない。身ごもったという話も聞かなかった。

とはいえ、不仲だとの噂も耳にすることはなかった。

「ありがとうございます。暉さまも、ご健勝《けんしょう》に」

京はこれで、吉田藩上屋敷を引き上げた。水野家への返答まで、あと四日。それが高岡藩の明暗を分ける。

帰りの駕籠に乗って、腹に手を当てた。

「必ず、何とかなります」

何度も、腹の子に語りかけた。

第四章　遠路の米

一

京が暉を訪ねていた頃、高岡藩上屋敷へ濱口屋幸右衛門がやって来た。濱口屋は高岡藩の御用達商人ではなかったが、昨年暮れの廻米で世話になった。さらに高岡河岸に、新しい納屋を建て利用することで関わりが深くなった。

番頭や手代が顔を見せるのは珍しくないが、幸右衛門が正紀を訪ねて来るのは納屋の新築がなった折、挨拶に顔を出して以来だ。

藩の古い納屋があった場所を使って、濱口屋が金を出して建て替えたのである。簡易な小屋ではなく、堅牢《けんろう》な造りとなった。そのせいで、高岡河岸を物資輸送の中継地として利用する商人が増えた。

納屋の地代が入るだけでなく、河岸の運上金や冥加金の額もそれで増える。藩としては、ありがたい存在だ。

高岡河岸は、さらに繁栄させていかなくてはならない。

正紀と佐名木が、対面をした。

「どうも、お屋敷内の様子が、前と違うように感じます」

挨拶を済ませると、幸右衛門は言った。具体的に、何がどうというのではなく、家中の者たちが醸《かも》す気配といったものだそうな。

「なかなかに、鋭い人だ」

と正紀は感心した。

ただ水野家との一件は、藩外の誰かに話すべきではないと考えている。まずは、来意を聞くことにした。

「出荷されながら、到着が遅れていた二本松藩の廻米が、鬼怒川の久保田《くぼた》河岸に届き始めました」

千俵の廻米である。

「なぜ知ったのか」

「うちの荷船が、取手《とりで》河岸へ行っていましてね。そこから今朝帰ってきた船頭が、鬼怒川の上流から下ってきた船の者から聞いたのです」

「ならば、早い知らせだ」

山間《やまあい》の原方道を陸路運ばれた米俵は、鬼怒川の上流で下野《しもつけ》の阿久津河岸まで運ばれる。ここから水路を使うことになるが、このあたりは水深が浅いので大型船は使えない。小鵜飼船《こうかい》という平底の小型船に載せて、下流の久保田河岸まで二、三十数俵ずつ運ばれる。

久保田河岸は水深もあって、四、五百石積みの荷船を停めることができた。ここで米俵はまとめられて、利根川にある取手河岸へ運ばれる。江戸への荷は、通常は取手から関宿《せきやど》を経由して江戸川を下った。

幸右衛門は、陸奥国二本松藩の廻米が阿久津河岸へ到着し始め、さらに久保田河岸へ移送されていると伝えてきたのである。

「阿久津河岸と久保田河岸か。懐かしい」

堤普請の折に、正紀は二千本の杭を求めて彼の地まで行った。そのときに目にした河岸の情景は、まだはっきり脳裏に残っている。

「その廻米を江戸で仕入れるのは、二本松藩の御用達駿河屋だというわけだな」

「さようです。そして二本松城下から、江戸への米の輸送を請け負っているのは、安《あ》積《さか》屋という地廻り米問屋です」

「彼の地では、大店なのであろうな」

「藩の年貢米ではなく、商人米を扱います。城下では名の通った店ですが、曲者《くせもの》だという噂もあります」

わざわざ幸右衛門が出向いてきたのは、この話を伝えたいからだと察せられた。

「何か謀《はかりごと》がありそうだな」

「はい。二本松藩の荷は、うちでもよく運ぶことがあります」

それなりの付き合いがあるとした上で、話を続けた。

「二本松藩の江戸家老やお留守居役は、実直な方ですが国許の蔵奉行をなさる方は、やや異なります」

袖の下の多寡《たか》で、物言いが変わるような人物だと言いたいらしかった。

「その蔵奉行が、廻米の輸送を安積屋へ任せたわけだな」

「さようです。安積屋が運んだ千俵を、駿河屋が仕入れるのです。安積屋は、廻米を駿河屋へ卸したことを町奉行所へ届けてしまえば、廻米は終了します。後はどう売ろうと、駿河屋の商いです」

以前にも廻米を仕入れた駿河屋に対して、正紀が不審を抱いていることを幸右衛門は知っている。幸右衛門は、それ以上は言わなかったが、一言付け足した。

「二本松の米も、百姓たちが草の根を齧《かじ》るような暮らしの中で供出した米でございます」

荷運びを生業《なりわい》にしていれば、各地の事情について、直に目にすることは珍しくもないだろう。せっかくの廻米が、悪徳な者の私腹を肥やすための材料になってはかなわない、という気持ちがあるらしかった。

「久保田河岸では、廻米が揃うまで、どこかに米を置くわけだな」

「あの河岸には、安積屋の分家があります。九兵衛《きゆうべえ》という者が、陸路や小鵜飼船で運ばれた荷をまとめます」

「すると荷は、いつ頃江戸に届くのであろうか」

「千俵が揃い次第かと存じます。早ければ、三、四日後には届くかもしれません」

「荷を受け取った駿河屋はどうするか」

見当はつくが訊いてみた。

「二百俵ほどは売って、後は確かなところへ隠すでしょう。米の値は、まだまだ上がるはずでございますから」

「うむ。この話、聞き流しはいたさぬ」

正紀は、佐名木と顔を見合わせた。

「そうおっしゃると思いました。お伺いしたかいがありました」

「安積屋とは、どのような商いをするのか。もう少し、知りたいぞ」

念のため、調べておきたかった。幸右衛門は、安積屋と付き合いのある江戸の米問屋平潟《ひらかた》屋と臼井《うすい》屋という二軒の屋号を口にした。

幸右衛門が引き上げた後で、正紀は佐名木、井尻、そして植村や房太郎を交じえて話をした。二本松藩の廻米輸送についてである。

「とうとう、やって来ますね。この知らせを、待っていました」

房太郎は町人だが、ここでは遠慮しないでものを言う。正紀はそれを許している。侍にはないこの者の考え方を、町の者の実情を踏まえたものとして認めているからだ。

「濱口屋さんの言う通り、その千俵のあらかたは、囲米にされるのに決まっています」

「隠される場所は、沼津藩の下屋敷でしょう。殿岡が嚙んでいるのは、これまでの流れからして確かです」

房太郎の言葉に、植村が続けた。なすすべもなくいた房太郎だが、目を輝かせている。植村も同様だ。

「ならば、廻米にまつわる不正な囲米が行われることを明らかにする手立てを探さねばなるまい」

佐名木が言った。

「うむ。殿岡や駿河屋の不正を暴くことで、青山を奪い返すことができるかもしれぬ」

何も浮かばなかった手立てが、見えてきた気がしたのである。

「米俵を、藩邸に運び入れるところを、押さえてはどうでしょう」

房太郎が言った。

輸送の途中では意味がない。また藩邸内に収められた後では、手も足も出ない。運び入れるそのときだけが、唯一の機会だ。

「町奉行所に出された荷受け票と照らし合わせれば、廻米だとはっきりいたします。それだけでなく、囲米にしようとしていることも明らかになるのではないでしょうか」

「藩邸内を調べる、きっかけにもなるぞ」

久しぶりに、房太郎と植村の声が弾んでいる。

これには、町奉行所の助力が欠かせない。さっそく山野辺に話さねばと正紀は思った。

「腕がうずうずします」

植村が、太い腕をぽんと叩いた。

「いや、我らの狙いは、まだ端緒《たんしょ》についたばかりだ。荷船がいつ、どこに到着するのかもわからない。そしてどのように運ばれるかもな」

「まずはそこを探ることにいたそう」

佐名木の言葉を、正紀が受けた。

二

京橋川に架かる比丘尼橋の袂へ、植村は房太郎を伴って出かけた。駿河屋の店の様子を窺うつもりだ。新たに到着する二本松藩の廻米について、企みを練っているならば、必ず何かの動きがあると見込んでいるからだ。

「おや、荷下ろしをしていますよ」

船着き場に、十数俵の米を積んだ荷船が接岸していて、荷下ろしが行われている。

駿河屋ではない米問屋のものだ。近頃、米俵の入荷は珍しいから、見物する者も出ていた。

「ずいぶんあるぞ。どこかに隠していたんじゃねえか」

野次馬が喋っている。

「あんなにあるんだから、少しは値を下げて売らねえかな」

「そんなことをするわけがねえだろう。あの程度じゃあ、米の値は動かねえ。かえって高値を付けるかもしれねえぜ」

「うえっ、たまったもんじゃねえな。廻米のお触《ふれ》が出たって聞いたが、ちっとも米は町に出ねえじゃねえか。松平様も、口ほどじゃあねえ」

定信のことを言っている。

町の者たちも、廻米で米の値が下がることを期待していた。しかしその気配は一向にない。

「おい。そういうことを、往来で、大きな声で言うんじゃねえ」

不満がつい漏れ出たわけだが、言われた男は慌てて自分の口を手で塞いだ。大っぴらな公儀への批判は、咎めを受けかねない。

そろそろ桜の枝に、蕾《つぼみ》がつき始めた。けれども大方は、米の方が気になるようだった。

「駿河屋さんに、変わったことはありませんか。あそこにも、米が入ると少しは安くなりそうな気がするんですけどねえ」

房太郎が軽い口調で、町の木戸番や近所の者に問いかけをした。体こそひ弱だが、青山を奪い返したいという気力に満ちている。

負けてはいられないと思う植村だが、町の者とのやり取りでは、巨漢が災いする。近寄ろうとすると、恐がって逃げられる。

「さあ、そんな気配はまったくないねえ」

決まった答えしか返ってこない。

しかし駿河屋の店の前にある船着き場にいた船頭が、こちらが望んでいた言葉を口にした。

「江戸川を行き来している船頭が、駿河屋へ入って行ったぜ。あれは半刻くらい前だな」

話を聞いた船頭はご府内だけで艪を漕いでいるが、その船頭の荷を引き受けたことがあるので顔を覚えていたそうな。

「そりゃあ間違いなく、安積屋からの知らせです。じきに動きがありますよ。向こうだって、今か今かと知らせを待っていたはずです」

房太郎は自信ありげに言った。

そして言葉通り、番頭の笹之助が店から姿を現した。供を連れず、江戸城の御堀に沿った道を一人で歩き始めた。商いの綴りなどは手にしていない。

足早に進んで、鍛冶《かじ》橋御門を潜った。

ここからは、広大な大名屋敷ばかりが並ぶ幅広の道になった。歩いているのは主持ちの侍か、お屋敷出入りの商人といった様子になる。振り売りなどの、小商人の姿は見かけない。

大名小路と呼ばれる地域で、老中や若年寄など要職にある大名の屋敷ばかりが並んでいる。両番所櫓付の長屋門など重厚な造りの建物だ。一万石の高岡藩上屋敷とは比べ物にならない。

しんと静かで、足音が響く。間を空けてつけた。

笹之助が立ち止まったのは道三《どうさん》堀の先、龍《たつ》ノ口《くち》の沼津藩水野家上屋敷の裏門前だった。植村はここへ、佐名木の書状を持って訪れたことがあった。笹之助が門番に話をつけると、しばらく待たされたが、潜り戸が内側から開かれた。

「廻米が届く知らせを受けて、伝えに来たわけだな」

「謀の打ち合わせをするのではないですか」

植村と房太郎は話をした。

この場にいても、話の内容が分かるわけではないから、二人は京橋川に架かる比丘尼橋まで戻った。

「どうするのだ」

次にすることが、植村には浮かばない。房太郎は分かっているらしく、比丘尼橋の袂に立って駿河屋に目を向けている。出入りする者を、待っているらしかった。

「呉服屋に絹物を仕入れに来た客はどうでもかまいませんが、米を買いに来た客ならば、それなりの対応をするはずです」

「念のために、確かめるわけだな」

房太郎は頷いた。

そうこうするうちに、三十代半ばの番頭ふうが店に入った。しばらくして出てきたところで、房太郎が声掛けをした。

「呉服や絹物の御用でしょうか、お米の御用でしょうか」

下手に出た言い方で頭を下げた。

「絹物ですよ」

「これは、ご無礼を」

すぐに身を引いた。胡散臭《うさんくさ》そうな目を向けられても、気にしない。

五人目に、米の用で来たという二十代半ばの若旦那ふうに巡り合えた。

「そろそろ、次の仕入れがあると聞いて、ここまで来たのですがね。どうなのでしょうか」

自分は芝の米問屋の手代だと告げて話している。相変わらず腰は低い。

「ええ、そうらしいですね。様子を見に来てくれと言われていたので来ましたが、十俵仕入れることができそうです」

ほっとした顔だった。小売りならば、大助かりだろう。

「いつ頃、駿河屋さんには入荷するのでしょうか」

「六、七日くらい後になるだろうと言われました。荷が入るならば、いつだってかまいませんよ」

「羨ましいですね。前の廻米のときに来たのですが、うちでは仕入れられませんでした。羨ましい話です」

房太郎はぼやいて見せた。若旦那ふうは、満足そうな目を向けている。

「今回こちらには、たくさん入るのでしょうか」

「はっきりしたことは言いませんでしたが、話を聞いていると二百俵くらいかと思いましたね」

「その中の十俵ならば、いいじゃないですか。儲けられますね」

「いえいえ、廻米は売れるからといって、飛びぬけた値をつけてはいけないというお達しが出ています」

そうは儲からないと、言いたいらしかった。若旦那ふうは、それで引き上げていった。

「千俵の廻米で、売るのが二百俵ならば、八百俵は別にするわけですね」

「沼津藩の下屋敷に置いて、さらに儲けようというわけだ」

「ついでですから、もう一つ、やつらの動きを確かめましょう」

房太郎は執念深い。もう分かったではないかと思うが、まだ気が済まないらしかった。常日頃もこうやって、ものの値を探っているのだろうと、植村は感心した。

両国橋を東へ渡り、さらに歩いて行く。行き着いた場所は、大横川の河岸にある駿河屋が借りていた納屋だった。

「おや、番小屋に人がいるぞ」

前に来たときは、人がいなかった。房太郎は近寄って声掛けをした。詰めていたのは、金壺眼《かなつぼまなこ》の爺さんだ。

「いよいよ、この納屋に荷が入るようですね。詰めたのは、今日からですか」

相手は初対面だが、気さくな口ぶりだ。

「まあな。いつ荷が着くか分からねえので、今日から詰めろという話だった」

「どれくらいの間、ここへ詰めるんですか。長ければ長いほど、とっつぁんは稼げますね」

「十日くらいだと聞いているぜ」

いつ着くか分からないというのは、久保田河岸で廻米が揃う日がはっきりしないからだ。今から番人を置いたのは、いつ荷が来ても納屋に収められるようにとの配慮だ。

「その後は、納屋はどうするんでしょうか」

「用がなくなれば、返すんじゃねえか。空《から》のままにして借りておくやつはいないだろう」

駿河屋の動きが、徐々に見えてきた。

三

この頃、正紀は連絡を取って呼び出した山野辺と二人で、濱口屋から聞いた安積屋と取引をした二軒の店を訪ねようとしていた。

歩きながら、山野辺には二本松藩の廻米について詳細を話した。

まず行ったのは、日本橋南茅場町《みなみかやばちょう》の平潟屋である。町奉行所の与力として山野辺が、出てきた中年の番頭に安積屋について問いかけた。

「旦那さんは太左衛門《たざえもん》さんといいましてね、四十三歳になる方です。もう三代目か四代目ですが、なかなかしっかりした商いをなさいます」

「しっかりとは」

奥歯にものが挟まったような言い方に聞こえたので、正紀が口を出した。安積屋の名を出したときも、番頭はいい顔をしなかった。

「商い上手ということです。儲けるためには、多少は手荒なことや強引なこともなさるかもしれません」

やはり、好感を持っていないようだ。商いのやり取りで、割を食うような目に遭わされたのかもしれない。

今は関わりを持っていないと言った。ならば、問いかけやすかった。遠慮をしないで答えるだろう。

「二本松藩の廻米千俵を、近く江戸へ運んでくる。どのような経緯があったと思うか」

そこから問いかけを始めた。

「そうですか。千俵というのは、たいそうな量の廻米を運びますね。二本松藩は飢饉といっていい村が少なくありませんから、飢えに苦しむ方々の姿が見えます」

二本松は寒冷の地で、米作りには難渋している。不作凶作は珍しくない。その話は、前にも耳にしたことがあった。

しかし外様大名ゆえ、公儀からは金のかかる御用を押し付けられる。藩財政がどうかなど、考慮をされない。飢え死ぬ者や逃散《ちょうさん》する者もあって、領内の百姓の数はこの四、五十年で一万人ほども減ったのではないかと言った。

「とんでもない数ではないか」

魂消た。

「凶作が続く中、厳しい年貢の取り立てがあれば仕方のないことです」

どこかあきらめた口調だ。番頭は二本松の出で、生まれ在所への思いは強いらしかった。城下に集まる商人米も仕入れているから、彼の地の事情には詳しいのかもしれない。

「曖昧なことは言えませんが、安積屋さんは、彼の地のお蔵奉行との間に密約があったかと思います。他にも荷を運ぶ生業の者はありますが、安積屋がそれなりのことをして荷を請けたのではないでしょうか」

「袖の下を、握らせたわけだな」

番頭は頷かなかったが、否定もしなかった。

「主人の太左衛門は、どのような商いの仕方をするのか」

阿漕《あこぎ》であろうが誠実であろうが、商人にはそれぞれの商売のやり方がある。それを尋ねたのだ。

「太左衛門さんは、疑り深い方でしてね。口約束を信じません。どんなに些細なことでも証文にして書き留め、署名を求めます。若い頃に、曖昧な商いをして痛い目に遭ったのかもしれません」

「なるほど。後でごまかしも利かなくなるわけだな。しかしそうだとすると、証文には正しい俵の数が記されているわけだな」

「はい。仕入れた先の商家の名だけでなく、受け取った場所やその日時、主人や代理となった番頭の署名を求めます」

「では、不正をしようと思った者は、嫌がるのではないか」

「そうですが、安積屋は口外しません。高く売りつけているでしょうから。ただ江戸の米の値上りはそれ以上ですから、仕入れたいと思う者はいくらでもいるのではないですか」

「かつては、その方の店でも仕入れをしたのだな」

「はい。でも屑米を交ぜられました。それで懲りましたが、今ならば言い値で買う小売り店はいくらでもいるでしょう」

番頭の話は、得心がいった。

平潟屋を出たところで、山野辺が言った。

「その証文を奪い取ったら、面白そうだな。水野家には繋がらぬかもしれぬが、触《ふれ》に反した廻米をしたことは明らかになるぞ」

「うむ。その米が沼津藩の屋敷に運ばれる場を捕えれば、水野の関わりはないとはいえなくなる」

廻米の行方を明らかにし、青山を奪い返す手立てが見えてきた。

もう一軒は深川相川町《あいかわ》の臼井屋《うすい》である。江戸の海に近い、大川に接した町だ。潮のにおいが鼻を擽る。

ここでは六十歳くらいの肥えた主人が相手をした。

「はい。約定《やくじょう》は、いつも交わしていました。きっちりした方です。まあ遠方では、証文のやり取りは当然ですが、太左衛門さんは細かい方です」

「近く、二本松藩の廻米を運ぶそうだが」

「はい、それは聞いています。駿河屋さんを通して、うちでも仕入れさせてもらいます」

悪く言わないわけが分かった。

「臼井屋も、どこかに米を隠して値上がりを待っているのではないか」

店を出たところで、山野辺が言った。

屋敷へ戻ったところで、正紀は京が吉田藩邸へ暉を訪ねたことを聞かされた。常の体でないのは分かっていたから、気になってすぐに奥へ行った。

「具合は、どうか」

顔色は青白く、体調はよいとはいえない。しかし不機嫌というのとも違うと感じた。

暉から聞いた話を伝える様子は、体調の悪さに負けてはいなかった。

「そうか。信明様が水野屋敷へ行って、期日を伸ばしたのか」

仰天したが、よくよく考えると、あり得ないことでもない気がしてきた。

家臣の広瀬が大横川の納屋へ現れたり、房太郎を救ったりしたのは、偶然ではない。水野家の囲米について、不審を抱いていたからだ。

敵でも味方でもないが、目指すものが同じならば力を貸す。信明らしいと感じた。ただ囲米を明らかにするのは、こちらがしなくてはならない。他藩の家臣である青山を、助けるような真似はしない。

正紀は、ここまで明らかになっていることを京に伝えた。

「どうでしょう。久保田河岸へ人をやっては」

突飛なことを、告げられた気がした。こちらでは、廻米をどうこうするつもりはない。襲う者がいて守る役目がいるとするなら、それは安積屋の方となる。

「江戸に着く日や刻限、荷下ろしをする場所は分かりません。ですが久保田河岸からつけて行けば、その場に辿り着けるのではありませんか」

他に有効な手立てはない。

「そうしよう」

　正紀は頷いた。

四

　大横川岸の納屋の様子を確かめた房太郎は、植村と共に京橋川河岸の駿河屋が見える場所へ戻った。

「沼津藩上屋敷へ行った笹之助は、殿岡かあるいは殿様に会って、廻米の到着を伝えました。そこで必ず、何か指図を受けたはずです」

「うむ。それはそうだ」

「ならば戻って来て、廻米を受け入れる動きをするはずです。ですからここで、様子を見ましょう」

　町人の房太郎が、武家の植村に指図をする形になっていた。しかしどちらも、それをおかしいとは感じていない。

「荷は、大横川のあの納屋に運ばれるのではないのか」

「まあ、そうでしょうね。でも、こちらが探っていることが分かったり、何かの事情があったりしたら、変えるかもしれませんよ。そうなったら、たった一度の好機を逃がしてしまいます」

房太郎は言った。三貨や物の相場でも、買いに出て売るに至る間合いについては気を抜けない。わずかな動きでも見逃さずに察知して、場に合わせた対処をしなくてはならない。

「それはそうだな」

植村は巨漢で強面だが、自分の考えを押し付けない。こちらの言うことを受け入れるところが幸いだった。初めて会ったら近寄りがたいが、何度も助けてもらっていた。

すでに日差しは、西空の低いあたりにまで落ちてきている。京橋川の水面が、その赤黄色い日差しを受けて輝いていた。荷運びを終えた空の荷船が、艪の音を立てて通り過ぎて行く。

豆腐の振り売りが呼び声を上げながらやって来たとき、それを足早に追い越して笹之助が姿を現した。

「水野屋敷から、戻ってきましたよ」

房太郎は呟いた。見ていると笹之助は、すぐに店に飛び込んだ。

「何か、指図を受けてきたな」

「ええ。何をするのでしょうか」

すぐに動きがあるとは思えないが、店を見詰める。裏に通じる路地あたりにも目をやった。

「おい、あの天水桶《てんすいおけ》の陰にいる深編笠の侍は、笹之助をつけてきたのではないか」

植村に言われて、房太郎はそちらに目をやった。

「確かに、さっきまではいませんでしたね。店の中を探っている気配があります」

主持ちの侍で、身なりは悪くない。剣の遣い手といった印象だ。それですぐに気がついた。

「あれは、吉田藩の広瀬様ではないでしょうか。体つきや着物の色と柄に、見覚えがあります」

「我らは気づかなかったが、他にも笹之助の動きを探っていた者がいたわけだな」

水野屋敷へ向かうときには、深編笠の姿はなかった。他の誰かが見張っていて、屋敷に入ったところで、伝えられたのかもしれない。

「おい。他にも変なやつがいるぞ」

植村が指差した。

「えっ」

目を向けると、深編笠の侍からやや離れた、足袋屋の軒看板の陰に侍が潜んでいた。

二十歳前後で、身なりはよいとはいえない。とはいえ、むさ苦しい浪人ふうではなく、部屋住みの者といった印象だった。

「あれも、動きませんね。駿河屋というよりも、深編笠の侍を見張っている感じですね」

「そうだな。あやつ、殿岡が沼津から呼び寄せた須栗丈之助ではないか。ときおり腰の刀に手をやるぞ。いざとなったら、抜くつもりか。腕に自信があるようだな」

「そ、そうですね。」

植村の言葉に、どきりとした。手荒な場面は苦手だ。青山が捕えられた場面が、恐怖とともに脳裏に浮かぶ。いつ、何が起きるか分からないから、はらはらしながら店と二人の侍に目をやった。

四半刻もすると、町はすっかり薄闇に覆われた。商家は明かりを灯し始めた。仕事を終えた職人や人足ふう、行商人などが、足早に行き来している。

「店から、手代の宇多吉と用心棒の染谷が出て来ましたよ」

房太郎は囁《ささや》いた。二人とも手に笠を持った旅姿で、草鞋《わらじ》履きだった。二人はそのまま、京橋川に沿った道を東へ向かって歩き始めた。

「こんな刻限から、出立《しゅったつ》ですか。驚きますね」

「二人が向かうのは、両国橋ではないか。東橋袂《ひがしはしだもと》の下から、この刻限に関宿へ向かう六斎船《ろくさいせん》が出る」

植村が言った。その船に乗って、関宿から取手方面へ行ったことがあると付け足した。人を乗せて江戸川を上り下りする船だ。眠っていても明日の昼には関宿へ着くので、利用する者は多いとか。

「なるほど。鬼怒川の久保田河岸へ向かおうというわけですね」

二人の動きの意味を納得した。

「あの深編笠の侍も、つけて行きますね」

「軒看板の陰に潜んでいた部屋住みふうも、動き出したぞ」

宇多吉と染谷の行先に見当がついても、このまま捨て置くわけにはいかない。房太郎と植村は、部屋住みふうの後をつけて歩き始めた。

京橋を北へ渡って、さらに東へ。八丁堀界隈に出た。このあたりは、京橋周辺と比べるとめっきり人の姿が減る。そろそろ日が落ちる頃合いだから、吹き抜ける風も冷たくなった。

亀島川《かめじま》の河岸道に出た。対岸は霊岸島だ。納屋やしもた屋が並ぶ人気のない道になった。

ここで動きがあった。何か起こるという予想が的中した。部屋住みふうが、駆け出した。腰の刀を引き抜いている。問答無用で、深編笠の侍に斬りかかるつもりらしかった。

「ひっ」

房太郎は、悲鳴に近い声を上げた。

深編笠の侍は、すでに背後にある殺気を察していたのかもしれない。慌てる様子もなく振り向いた。同時に腰の刀を抜いている。腰をやや落として身構えた姿は、堂々としていた。

だが部屋住みふうの方は、まったく恐れない。

「やっ」

勢いをつけて、上段から打ちかかった。体勢にぶれがない。攻められた方は、なすすべがないだろうと息を呑んだ。

一瞬の後、深編笠の方も前に出ていた。刀と刀のぶつかり合う金属音が、あたりに響いた。二つの体は交差したが、どちらもかすり傷一つ負ってはいなかった。

一刀足《いっとうそく》の間合いの中で、二人は再び対峙《たいじ》した。

部屋住みふうの方は、切っ先を揺らして相手を煽《あお》っている。しかし深編笠は誘いには乗らない。相手の気の乱れを、待っているのかもしれなかった。房太郎は固唾を呑んで、そのやり取りを見つめる。

「くそっ」

しびれを切らせた部屋住みふうが、足に力を溜めて踏み出した。喉元を狙う突きだ。揺るがない。深編笠は、斜め前に出ながらこの刀を払った。待っていたと言わぬばかりの、素早い動きだった。

小さく宙を舞った深編笠の切っ先は、相手の二の腕に襲いかかった。無駄のない動きだ。

部屋住みふうは慌てて腕を引き、その刀で迫ってきた刀身を弾き上げた。しかしそれでは、深編笠の攻めは止まない。

次は肘を狙われた。これは刀身で払ったが、袂を斬られた。

部屋住みふうの腕は見事だが、深編笠の方が一枚も二枚も上手だった。じりと追い詰められてゆく。

だがそこへ、助勢が現れた。深編笠に襲いかかった侍がいた。争いに気づいた旅姿の染谷が加わったのである。

「くたばれっ」

激しい一撃が、深編笠の肩を狙って打ち下ろされた。

するど深編笠は、体の向きを変えて迫りくる刀身を弾いた。同時に、体を後ろに飛ばしている。

相手が二人になった。

防戦一方だった部屋住みふうが勢いづいた。またもや上段から斬りかかった。深編笠はこれを避けたが、前のような攻撃には出られなかった。染谷の一撃に備えなくてはならないからだった。

じりじりと、追い詰められてゆく。

「ああ、斬られる」

ここで声に出して、房太郎は我に返った。深編笠の侍は、広瀬清四郎だと思っている。自分は沼津藩下屋敷で、危ないところを救われた。

忘れてはいない。

「ぎやあっ、人殺しだ。二人が一人を襲っているぞ」

声を限りに叫んだ。一度ではない、二度三度と繰り返した。

植村は、近くにあったぐらついた杭を引き抜いていた。これを手にして、争う三人のもとへ駆けた。

「わあっ」

こちらも叫び声を上げている。染谷の方へ躍りかかった。振り上げた杭を、力任せに振り下ろした。

太い杭は、風を切って染谷の頭を襲った。手加減などしていない。

しかし染谷は、その一撃を難なく避けた。そして切っ先を突き出してきた。植村は杭を振って、それをどうにか躱《かわ》した。

この間も、房太郎は叫びをやめない。繰り返していた。

「何事だ」

しもた屋の者が、外に出てきた。擂粉木《すりこぎ》のようなものを握りしめている。

「どうした」

と言って姿を見せた男は、梯子《はしご》を手にしていた。他にもばらばらと、足音が響いている。

「くそっ」

旅姿の二人と部屋住みふうが、まず逃げ出した。人が集まっては面倒だと判断したようだ。そして深編笠も反対方向へ走った。

「逃げろっ」

あれこれ問われたら面倒だと思うから、房太郎と植村も駆け出した。逃げ足には自信があったが、巨漢の植村ももたもたしてはいなかった。

日が落ちかける町の中に、紛れ込んだ。

五

暮れ六つ(午後六時)の鐘が鳴ってしばらくしたところで、高岡藩上屋敷へ濱口屋の手代が文を持ってやって来た。幸右衛門からの、新たな知らせだ。

手代を待たせて、正紀と佐名木は文に目を走らせた。

久保田河岸へ行った濱口屋の船の船頭から、二本松藩の最後の廻米がそろそろ届くというものだった。上流の阿久津河岸には、届いたという。

「いよいよだな」

ここまで来れば、千俵の廻米は二、三日の内に江戸へ届く。

そこへ植村と房太郎が、駆け戻って来た。一日の出来事を聞いた。

「宇多吉と染谷をやったのは、遺漏なく荷運びさせるためでしょうな」

「広瀬は、駿河屋の動きに不審を覚えてつけたのだろうが、須栗に気づかれたわけか」

駿河屋や殿岡にしてみれば、千俵の廻米は大きい。慎重に送ろうという気持ちになるのは理解できた。

「荷運びについて、指図をしたいと考えたのかもしれませぬ」

「そこでだ、当家からも久保田河岸へ人をやろうと思う。これからだ。ときがないからな」

正紀は、植村と房太郎に告げた。二人は一日中歩き回って疲れている。他の者をやるつもりだったが、一応伝えた。

「今、屋敷内に濱口屋の手代が控えておる。今宵関宿に発《た》つ船があるので、それに乗せるために待たせておる」

佐名木が植村と房太郎に、交互に目をやった。

「行かせてくださいませ」

迷わず房太郎が言った。必死の面持ちだ。

「それがしも。彼の地へは、行ったことがありますので、事情が分かりまする」

すぐに植村が続けた。

「疲れはないか、今すぐ発つのだぞ」

「船の中で、寝ますゆえ」

それで決まった。井尻を呼んで、路銀を与えた。

「関宿から先の船も、濱口屋が用意する」

「ははっ」

「米を奪うのではない。輸送の邪魔をするのでもないぞ。二本松藩の百姓が、命を削って用意した廻米だからな。動きと行方を見張るのだ」

「そしてやり取りの文が手に入るならば、奪え」

正紀の言葉に続けて、佐名木が言った。

安積屋太左衛門は、すべて証文をもって取引の証とする。廻米千表を久保田河岸の分家が受け取った、もしくは船に載せたとの文言があれば、何かの役に立ちそうだ。

他の、伝えるべきことも記されているだろう。

「ただな、命は惜しめ。宇多吉や染谷が向かっているならばなおさらだ」

正紀は告げた。

旅支度らしいものはほとんどしないまま、房太郎と植村は濱口屋の手代に連れられて、深川の仙台堀河岸へ行った。すでに荷は積まれていて、すぐにも出立できる状態になっていた。

酒樽を積んだ二百石積みの荷船だった。主人の幸右衛門が出てきて、船頭に事情を伝えた。

「お気をつけて」

房太郎と植村が乗り込むと、荷船はすぐに船着き場から離れた。荷運び用の船だから、二人の他に乗っているのは船頭と水手だけだ。船尾にある船室で、腰を下ろすことができた。板の間だが、横になることもできる。

「途中の河岸場での荷下ろしがないので、明日の九つ（正午）前には関宿に着きますよ」

船頭は言った。すぐに取手へ行く船を探してくれるそうな。

「私は、江戸を出るのが初めてです」

房太郎は、横に腰を下ろしている植村に話した。役目は重大だ。その緊張が胸にある。

青山が囚われの身になって、はや丸二日が過ぎた。藩としての対応を、明日以降の三日で殿岡に伝えなくてはならなかった。

沼津藩と駿河屋が企む不正な囲米を明らかにする、最後の機会だと思っていた。

井尻から手渡された握り飯を齧《かじ》った。腹がくちくなると、眠くなった。川は荒れているわけではない。小さな揺れがあるばかりだ。

昼間歩き回ったからか、横になるとすぐに眠りに落ちた。


植村の鼾で、房太郎は目を覚ました。他にも水手が寝ているが、起きている者もいるはずだった。

ぐっすり眠ったから、寝足りないとは感じなかった。船室から出ると、東の空が明るくなり始めていた。

「もう流山《ながれやま》を過ぎて、野田《のだ》へ向かっているぜ」

帆が風を受けて、川を遡《さかのぼ》っている。縄を操っていた水手が、教えてくれた。

建物のない土手が続く。たまに小さな河岸場があって、そこにみすぼらしい納屋が建っているのが見えた。

「江戸とは、大違いだな」

しばらく景色を眺めていると、いつの間にか川面は明るくなった。野田を過ぎる頃には、植村も起き出してきた。

「川を上った先に、山が見えるぞ」

植村が指さした。目を凝らすと、冠雪した山並みが地平の彼方にうかがえた。

「あれが赤城《あかぎ》の山々で、煙を上げているのが浅間《あさま》山だ。あっちにあるのが日光《にっこう》の山で、こっちの山が筑波《つくば》だな」

船頭が言った。晴れた日に筑波山を見ることはあるが、赤城山や浅間山、日光の山並みを目にするのは初めてだ。房太郎は息を吞んだ。

「西の先には富士のお山も見えるはずだが、今日は雲がかかっている。帰りの船で見られるといいがな」

船頭は残念そうに言った。

そして四つ近くになって、前方の彼方に城の姿が見えてきた。

「あれが関宿城だ」

植村が言った。さらに進むと、城下の家並みが現れてきた。

ここは利根川と江戸川がぶつかる、水上輸送の要衝だ。利根川の上流や渡良瀬《わたらせ》川、思川《おもいがわ》などの各河岸から荷が運ばれ、そして川下からは銚子《ちょうし》や取手河岸、鬼怒川や小《こ》貝《かい》川からの荷が運ばれてくる。

そして陸路としては、日光東往還の宿場の役目も果たしていた。江戸城防衛の重要拠点でもあり、幕府の要職を担うような譜代大名がこの地を支配してきた。

「江戸の町には及びもつかないが、このあたりではたいした賑わいだ」

いくつもの納屋や船着き場が並び、大型船が停泊している。船頭や人足、商人の姿が、たくさん見えた。もちろん武家の姿も目に付いた。

「ときがあるならば、ゆっくり町の問屋を見て回りたいところだ」

これは本音だった。

ただのんびりはしていられない。船を降りた房太郎と植村は、船頭に案内されて、利根川にある境《さかい》河岸へ連れていかれた。船頭は船問屋へ行って、二人が乗る船を探してくれた。

前よりも大ぶりな四百石の船だ。

「取手河岸まで、行きますぜ」

段取りをつけると、江戸からの船頭は去って行った。

取手行きの船も、これから出るところだった。無駄なときを費やすことなく、房太郎と植村は荷船に乗り込んだ。

この頃になると、空が曇ってきた。風を伴った雨が降ってきた。

「春嵐《はるあらし》でしょうか」

俵物の荷には、幌がかけられた。

今度は、川を下る船だ。利根川は、江戸川よりも大河だ。いくつもの河岸場を通り過ぎた。

「高岡河岸は、取手よりもさらに先で、何もない土地だ。しかし武家も百姓も、河岸場を盛り立てようとしているぞ」

植村が言った。

取手河岸は関宿城下とはやや趣が違った。河岸場としても賑やかだが、日光街道を水路と結ぶ重要な宿場としての役割を果たしている。関宿は武家の町でもあるが、ここは商人の町だ。

ここまで運ばれた荷は、鬼怒川や小貝川、そしてこのまま利根川を下る船などに分けられる。霞ヶ浦に出る船もある。

「正紀様は、高岡河岸を取手河岸のような賑やかな河岸場にしたいと考えておいでなのだ」

「そうなるといいですね」

房太郎と植村は、鬼怒川を上る荷船に乗り込む。

鬼怒川は春嵐のせいもあって、これまでの川よりも流れが激しかった。しかし帆船は、力強く上流を目指して遡って行った。

そしてついに、房太郎と植村が乗る荷船は久保田河岸へ着いた。暮れ六つに近い刻限だった。商家や旅籠があって、船着場には四百石積みの弁才船から平底の小鵜飼船まで、数艘の船が接岸されている。

「ほぼ丸一日、船に揺られていたことになるが、無駄なときを過ごしていないので、早く着くことができたぞ」

植村が満足そうに言った。これで三日目が過ぎることになるが、これからしなくてはならない仕事がある。着いたからといって、ぼんやりはしていられない。

幸い、雨も風も治まってきた。

二人は船着き場の者に聞いて、安積屋分家の店を確かめた。間口五間の、河岸場では大店といっていい建物だった。

小僧が、店の戸を閉めていた。店の奥を覗くと、四十歳くらいの羽織姿の主人ふうと旅姿の若い手代ふうが話をしていた。

「あの羽織の方が、こちらの旦那さんの九兵衛さんですね。相手をしているのが、安積屋さんからお見えになった手代さんですか」

「そうですよ」

小僧は動かしている手を止めないで言った。

「ならば、二本松藩の廻米は、すべてこちらへ届いたわけですね」

「はい。納屋に収めて、ほっとしているところです」

ちらと、岸辺にある建物に目をやった。いったん納屋に入れたのは、濡れ米にしないためだろう。

「それは何より」

荷運び人足らが酒を飲んでいる店を聞いた。そこへ行くと、数人の人足たちが、談笑をしていた。荷運びの手間賃が入ったからか、皆上機嫌で飲んでいる。

房太郎と植村は、ここで晩飯を食べる。江戸を出て、初めて温かい食べ物を口にした。そして人足たちの話に耳を傾けた。

「あんまり、飲み過ぎるなよ。明日は早いからな」

「おまけに、千俵の荷積みだ。二日酔いじゃあ、身が持たねえ」

早朝の暗いうちから荷積みをし、積み終えるとすぐに四百石の弁才船は、久保田河岸を出る段取りらしかった。九兵衛も、江戸まで乗り込むらしい。

「江戸から、仕入れ先の手代と用心棒が来ていたな」

「あの用心棒は、強そうじゃねえか」

宇多吉と染谷のことを言っている。すでに着いているようだ。

「何かあったら、てえへんだからな。雇ったんだろう」

「そういやあ、安積屋の手代は明日の朝早くに出る小鵜飼船に乗る手立てをしていたぜ」

「千俵もの米を、陸路で運ぶのはてえへんだっただろう。ようやく胸を撫で下ろしたんじゃねえか」

その懐には、九兵衛からの受取証とこれからの輸送の段取りを知らせる書状が入っているはずだった。

房太郎と植村は、黙って顔を見合わせた。

六

旅籠《はたご》で一夜を過ごした房太郎と植村は、通りに出て安積屋の様子に目をやった。外はまだ暗く、店には明かりがともされていた。河岸の納屋の前には、篝火《かがりび》が焚かれている。

すでに二十人以上の荷運び人足が、姿を現していた。

そこへ旅姿の九兵衛が姿を現した。納屋に掛けられている錠前を開けた。

「荷を運びだせ」

と命じると、待っていた人足たちが動き始めた。そこには宇多吉と染谷の姿も見られた。

川を下る四百石船からやや離れたところに、六艘の小鵜飼船が停まっている。これらは昨日、米俵を運んできた船だと思われた。

役目を終えたが、阿久津河岸へは空船では戻らない。四斗の酒樽が積み込まれていた。

旅姿の安積屋の手代が、通りへ姿を見せた。九兵衛に挨拶をすると、小鵜飼船の停まる船着き場へ行った。

船頭に何か言って、これに乗り込んだ。

酒樽を積んだ小鵜飼船は、米俵の運び入れが終わらないうちに船着き場を出た。四艘が一緒だった。

ここで房太郎と植村は、残った小鵜飼船の船頭に近寄った。それぞれ笠を被っている。宇多吉らに気づかれては面倒だから、目立たないように動いた。

残った小鵜飼船には、俵物が積み込まれた。

「阿久津河岸まで、乗せてくれ」

手間賃は払うと付け足している。

「昨日の雨で、流れは激しいよ」

と言われたが、それを気にしてはいられなかった。二人は小鵜飼船に乗り込んだ。

平底船とも呼ぶ小鵜飼船は、流れに逆らって進んでゆく。江戸川のときも川上へ向かったが、あのときは大型の帆船だった。しかし今度は、平底の小舟だ。船頭が扱う艪の動きだけが頼りだった。

「うわあっ」

船は上下に揺れて、ふっと持ち上がる。そしてすとんと落とされた。水飛沫《しぶき》も飛んでくる。船端《ふなばた》にしがみ付いた房太郎は、悲鳴を上げた。

激流を漕ぎ上がってゆくのは、土地の船頭でも難しい。昨日の風雨が恨めしかった。

少しでも船端を摑む手の力を緩めると、船外に飛ばされそうになる。体力のない房太郎には、命懸けの船旅となった。

「しっかりしろ」

何度も、植村に体を支えられた。

やっとのことで、船は阿久津河岸へ着いた。船着き場に立つと、しばらくは目が回ったままだった。

我に返って河岸場の様子に目をやったのは、しばらくの間がたってからである。

「ずいぶん、人や荷車がありますね。馬もいますね」

町の様子を目にしてから、房太郎は言った。

鬼怒川遡行終点の河岸場だが、この地は原方道だけでなく、奥州《おうしゅう》街道や会津西街道ともぶつかる陸路の要衝だった。町としては、久保田河岸に劣らない規模だった。

先に着いているはずの安積屋の手代は、どこにも見当たらない。

「前の、酒樽を積んだ船から降りた商人は、どこへ向かいましたか」

念のため、船着き場にいた船頭に尋ねた。

「馬を使って原方道へ行ったよ。馬子《まご》とは馴染みらしかったね」

何度も行き来をして、知り合いになったのかもしれない。街道を進むには都合がいいし、一人ではないから盗難避けにもなりそうだ。

「どうしましょう」

房太郎は、植村の顔を見た。こちらも馬を雇うか、という相談だ。

目当ては懐の文だけだが、襲いにくくなる。馬に走られたら、人の足では追いかけようがない。

「しかし馬を雇うとなると、馬子がついてくるぞ」

信用のない余所者《よそ》に、馬だけを貸す者などあり得ない。

「歩いて追おう。襲う折もあるだろう」

原方道を足早に追いかけて行く。田圃に囲まれた道だが、山並みはこれまでよりもずっと近くに感じた。歩きながら、どう動くか打ち合わせをした。

「おい、馬の姿が見えるぞ」

しばらく歩いたところで、植村が指さした。目の悪い房太郎にははっきりしないが、乗っているのは安積屋の手代のようだ。

さらに足を速めて、近づいて行く。植村は途中で、長めの雑木を拾った。

追いついたところで、房太郎は馬子が轡《くつわ》を握る側へ行って馬上の手代に声をかけた。歩きながらだ。

「もし」

手代は胡散臭そうに一瞥《いちべつ》をよこした。しかし知らない顔だから、馬子に止まれとは言わなかった。

「私は江戸の駿河屋から参りました、手代の多助《たすけ》という者でございます」

口からの出まかせだが、神妙な態度は崩さなかった。

「駿河屋さんだって」

さすがに、その屋号を出されては知らんぷりはできないと感じたらしかった。馬を止めるように言い、「よいしょ」と地上に降り立った。

房太郎の傍へ歩んで来た。

「二本松藩の廻米について、お耳に入れたいことがありまして」

さも重大なことを伝える口ぶりだ。このとき一休みする気らしい馬子は、腰から煙管《キセル》を取り出した。

そのときである。馬の向こう側に回った植村が、手にしていた雑木で馬の尻を打った。雑木がおれるくらい、力を入れていた。

「ひひん」

よほど馬は驚いたのだろう。それでいきなり走り出した。慌てたのは馬子だ。煙管に気を取られていて、轡を握っていなかった。

「止まれっ」

叫びながら追いかけた。他のことに、かまってはいられない。

手代は呆然として、その様子に目をやっていた。ここで植村は、手代に襲いかかった。

「すまぬな」

声をかけると同時に、下腹に当身を入れていた。

「ううっ」

手代の体が崩れ落ちた。房太郎が、その懐に手を突っ込んだ。油紙に包まれた書状を取り出したのである。

早速広げた。二通あって、一通は千俵の廻米を九兵衛が受け取ったことを示すものである。そしてもう一通は、この後の米の輸送について報告をしたものだった。

房太郎と植村は、開いた書状の文字を目で追った。

久保田河岸を出た四百石船は、取手河岸を経て直接関宿まで行く。ここで江戸行きの二百石船二艘に載せ替える。済んだところで出航し、江戸へ向かうというものだった。

「二百石積みに載せ替えるのは、江戸で目立たないようにするためでしょう」

「米俵で満載の大きな船が着いたら、大騒ぎになるだろうからな」

「荷を積み替えて関宿を出るのは、今日の夕方あたりになりますね」

さらに文字を読み進める。江戸の荷下ろし場について触れていた。

「大横川じゃありませんよ。御材木蔵《おざいもくぐら》の南にある深川猿江《さるえ》町です。そこの納屋を、短期で借りたとありますね」

深川猿江町にはいくつかの飛び地があるが、ここに記されているのは、五本松で知られる小名木《おなぎ》川に接した町だった。武家の下屋敷や寺に囲まれた、鄙びた町人地である。

「しかし駿河屋は、大横川の納屋に番人を置いていたではないか」

「あれは、目眩《めくら》ましですよ。こちらを欺くための」

「そうかもしれん。だとすれば、ここまで来たかいがあったではないか」

植村は言った。

「ただこれでは、水野や殿岡の関与は明らかになりません。囲米にするかどうかも分かりません」

「そうだが、千俵の廻米の動きは分かったぞ」

「はい。では関宿へ出て、どこの荷船に移すかを確かめて江戸に戻りましょう」

房太郎が応じた。

読んでしまえば、何の証拠にもならない書状である。油紙に包み直し、手代の懐に押し込んだ。

「我らは、二本松藩のせっかくの廻米を、私腹を肥やすために囲米とする奸物《かんぶつ》を捕えるために働いておる。許せよ」

植村はそう言って、気絶したままになっていた手代に喝を入れた。

「うっ」

意識を取り戻した手代。しかしぼんやりしているうちに、房太郎と植村は走り出していた。阿久津河岸へ向かったのである。

第五章　黒い船影

一

朝の読経の後、京が正紀に問いかけてきた。和が引き上げた後である。春の嵐が去って、開かれたままになっている障子戸の向こうに青い空が広がっていた。

「青山はどうしているでしょうか」

つわりがおさまったわけではないが、何よりもそれが気になるらしかった。沼津藩邸に捕えられて、四日目となっている。殿岡から迫られた返答は、明日までにしなくてはならなかった。

京は、青山が乱暴をされていないかと案じていた。

「屋敷内の牢に押し込められているのは間違いなかろう。しかし期限までは命を奪うことも、過酷な真似をすることもあるまい」

　正紀は応じた。

　期限についての約定は、松平信明が取り持っていたのならば、口約束でも違《たが》えることはしないだろう。ただその先は分からない。

「房太郎と植村はどうしているか」

　正紀が気になるのはそこだった。駿河屋や沼津藩下屋敷にも見張りの者を置いているが、変わったことは起きていない。大横川の納屋にも、荷は運ばれていなかった。

「昨日の春嵐で、鬼怒川は激しい流れになっているのでは」

「それはあるかもしれぬ。しかしな、房太郎は体こそやわだが、しぶといぞ」

　これは実感している。だからこそ本人の望みを容《い》れて行かせた。植村とは、足りないところを補い合うだろう。

「面白い者でございますね」

　房太郎については、麦や銭の相場のときにも京に話していた。

　そこへ、吉田藩の広瀬清四郎が訪ねてきたと知らされた。面談を求めているというので、会うことにした。藩主や重職の使いではない。

　各藩の留守居役を通す部屋へ入れた。佐名木を伴い、待たせることもしないで会っ

る。

その場から立ち去れただろう。その礼を告げるために来たのではないと正紀は感じてい

話は、植村から聞いていた。広瀬ならば、植村らがいなくても、何らかの手で襲撃

「いやいや、それほどのことでは」

広瀬はまずそう言って、頭を下げた。挙措《きょそ》に隙がない。

「それがし、植村殿と房太郎めに、救われましてございます」

た。

信明のことは口にしないが、その意を受けての来訪だと察した。

「当家では、二本松城下へ人をやり、廻米の輸送について探っており申した」

と本題に入ってきた。

こちらで睨んでいたのと同じように、駿河屋の動きに不審を感じていたことになる。

濱口屋が伝えてきた情報を、別の経路から摑んでいたわけだ。

それが信明ならば、不思議には思わない。せっかくの廻米が、江戸に入りながら市場に出回らない事態を受けて、探索を命じたのだろう。

「では房太郎を助けた折も、調べをしていたわけだな」

「荷が入るとは、耳にいたしておりました。こちらも、してやられました」

苦々しい顔をした。顔に感情を浮かべたのは初めてだ。

「二本松からの廻米は、数量もさることながら、難所を越えてのものでございまする。どこぞの納屋に眠らせてしまうなどはできませぬ」

沼津藩や殿岡の名を挙げるのは避けているが、二本松からの廻米で、囲米の実態を明らかにしようと考えているのは伝わってきた。そこには、このままでは済まさないという広瀬の気持ちも加わっているようだ。

「宇多吉と染谷が、久保田河岸へ向かったのは明らかです。いよいよ、今日明日にも廻米は届くものと思われます」

「うむ。そうであろうな」

とぼけても仕方がないから、正直に応じた。

「そこで、井上様へのお願いでございます。駿河屋の仕入れの関わりで、不埒《ふらち》な囲米の元凶を取り除くべく、合力《ごうりき》をお願いしたく存じまする」

そう言って、広瀬は頭を下げた。

「合力をな」

昨年末の廻米の触《ふれ》が出た折には、信明は水野と組んで、高岡藩と府中藩には一揆絡みで難題を押し付けてきた。果たせなければ、高岡藩はどうなっていたか分からない。

しかし今度は、こちらと組むと告げてきた。目指すものが、その部分では同じだからだ。

「したたかな御仁だ」

信明の、感情を示さない冷ややかな面貌が頭に浮かんだ。しかし異存はない。

「あい分かった」

正紀は、植村と房太郎を久保田河岸へ行かせたことを伝えた。他にも分かっている点を話したが、大横川の納屋に番人が入ったなど、広瀬も調べを行っていた。

「互いに何かはっきりしたことが分かったときには、知らせ合うといたそう」

「何とぞ、お願い申し上げます」

これで広瀬は、引き下がった。

二

房太郎と植村が久保田河岸へ戻ったときには、二本松藩の廻米を積んだ四百石船は出立した後だった。船着場では、阿久津河岸への小鵜飼船や取手河岸に向かう五十石積みの船が荷を積んでいた。

阿久津河岸からの帰りの船も、房太郎には難儀な時間となった。激しい流れは変わらない。しかし役目を果たしたという気持ちがあるから、気力は溢れていた。船に慣れたともいえる。

ここからは、停泊していた百石積みの船に乗り込むことになった。出航まで、半刻ほど待つ。

「私がここへ来ることは、もうないでしょうね」

その半刻の間、房太郎は商家の店先へ行って、ものの値を検めた。米穀だけでなく、絹物や太物《ふともの》の値と質も丁寧に見た。下り物の値が江戸よりも高いのは、輸送の経費や納屋代が上乗せされるから仕方のないところだ。

そこへゆくと二本松の絹糸は、上質な品でありながら価格は下り物よりも安い。この地の段階では、輸送の代金や間に入る商人が少ないのが影響しているからだろう。京坂《けいはん》へ運ばれるだけでなく、利根川流域の土地でも織物に使われた。

半刻は瞬《また》く間に過ぎて、出航となった。

百石積みの荷船は大型とはいえないが、小鵜飼船とは比べものにならない。鬼怒川の流れの激しさは変わらないが、乗っていて体に受ける衝撃は小さくなった。

「助かります」

ほっと胸を撫で下ろした。それでも勢いが出ているから、房太郎は船端にしがみ付いた。

「千俵の廻米は、もう取手河岸に着いたであろうか」

植村が、船首の先の川下に目を向けて言った。小型船はうかがえるが、四百石積みの帆船は見当たらなかった。

どこの河岸場にも立ち寄らず、ぐいぐいと下って行く。左手に、冠雪した筑波山が近い。風は冷たいが、緊張があるから寒くは感じなかった。

「明日は江戸だぞ」

「ええ、勝負ですね」

房太郎は植村の言葉に頷いた。それが殿岡への返答の期限の日だった。

取手河岸には、九つになる前に着いた。さっそく利根川を上る船を探した。たくさんの荷船が停まっているから、手間取ることはなかった。来たときと変わらない、活気のある河岸場だ。

関宿に醤油樽を運ぶ二百石船に、乗せてもらうよう話をつけた。じきに出るというので、二人は昼飯をかっ込んで船に乗り込んだ。

利根川の流れも激しかったが、風を受けた帆船は順調に大河を遡った。そして彼方に関宿城の姿が見えてきた。夕暮れどきになる前に、利根川の右岸にある境河岸に着いた。

二人は、江戸川の河岸場へ移った。

ここには、取手以上に大小の荷船の姿があった。納屋も並んでいる。荷運びをする人足たちの掛声が響いてきた。

「これだけ船や納屋があると、廻米の降ろされた場所やどの船に載せられるのか、捜すのは骨が折れそうだぞ」

植村はそう言ったが、房太郎はそれほどたいへんだとは思っていなかった。

「この飢饉凶作の折に、千俵もの米を回漕します。しかもここで荷の積み替えをします。さすがに目立ちますよ」

「ならば助かるが」

船着場が並び、ざっと眺めた限りでは、大量の米俵を移動する姿は見当たらない。荷が届くのを待っている人足に問いかけた。

「取手から来た千俵の廻米の荷下ろしがあったはずですが、気がつきませんでしたか」

「千俵とは豪勢だが、おれは知らねえな」

最初の人足はそっけなかったが、四人目に問いかけたところで反応があった。

「ずっと川上の方の船着場で、半刻くらい前に見たぞ。二百石積みの船二艘で江戸へ運ぶとかでよ。すでに着いている一艘には運んでいる最中で、もう一艘が着くのを待っているってえ話だった」

船着場はいくつもあって、納屋の陰になって見えないところもある。さっそく、利根川との合流点に近い船着場へ向かった。

「あれではないですか」

二百石積みの弁才船が接岸されている。荷には雨除けの幌がかけられているが、米俵を積んでいるのは明らかだ。そして今しも、空の二百石船が隣の船着場へ入ろうとしているところだった。

船着場には、すでに三、四十人の荷運び人足が集まっていた。

「いかにも。他にはない」

それでも房太郎は、船着場の番小屋へ行って、番人に荷主を確かめた。

「二本松の安積屋さんだ。あの荷を積み終えたら、すぐにここを出て行くと聞いているよ」

間違いなかった。

「荷船の名を検めましょう」

納屋の裏手を回って、荷船に近づいた。荷を積み終えた船着場には、人気がない。さらに離れたところには小さな船着場があって、小舟が舫《もや》ってあるばかりだ。遠くから、荷運び人足の掛け声が聞こえる。

そろそろ日差しは、斜めに傾き始めていた。黄ばんだ日差しが、船首を照らしていた。二艘目の荷運びが、始まっている。

「龍王《りゅうおう》丸と、権現《ごんげん》丸だな」

植村が確認した。

「五百俵をあの人数で運ぶとなると、かかるのは半刻くらいか。出航はそれからだな」

「暮れ六つ前には出ようというわけですね」

安積屋の手代が持っていた文書の記述通りに、事が進もうとしている。

「江戸へは、遅くとも明日の夕刻には着くな」

「はい。江戸の駿河屋や、殿岡あたりには先触れが行っているのではないでしょうか」

「違いない。我らも江戸へ戻ろう」

正紀や佐名木が、首を長くしてこちらの報を待っているだろう。

だがそこへ、足音が近づいてきた。旅姿の商人と浪人者である。宇多吉と染谷だった。

どちらも、驚きと苛立ちを交じえた目を向けてきている。

「その方ら、ここまで来たのか」

染谷が、腰の刀に手を添えた。

「斬り捨てていただきましょう。ここでならば、何があっても江戸には伝わりません」

「こやつら、江戸を出る折にも邪魔をしたな」

広瀬を襲った折のことを言っている。腰の刀を抜き払った。呼応するように、植村も刀を抜いた。

房太郎は、逃げ道を探した。荷運びをしている方へは行けない。反対の方向へ行こうとしたが、逃げ道を塞ぐように宇多吉が立っていた。そして腰に差していた長脇差を抜いた。

「うっ」

じりりと、後ろに下がった房太郎。身には寸鉄《すんてつ》も帯びていない。得物を手に人と争うなど、考えもしなかった。

「やっ」

染谷が植村に斬りかかった。植村はその刀を払い上げた。膂力はあるが、反応が遅い。斬られるかと思ったが、どうにか凌いだ。

その間に、宇多吉も討ちかかってきた。

「わっ」

慌てて、身を横に飛ばした。房太郎にしてみれば、背筋が凍るほどの一撃だ。これまでのように、体がぶつかって殴られるのとはまるで別物だ。命を狙われている。

ただ宇多吉も、長脇差の扱いには慣れていない様子だった。体の均衡《きんこう》を崩していた。続けての攻めにはならない。

しかし反撃しようもない房太郎は、逃げる隙を探した。

「くたばれっ」

風を切る音を立てて、二の太刀が襲ってきた。これには、斜め前に出ることで、何とか躱した。二度の打ち込みで、逃げ場を塞いでいた宇多吉の体が、道の端に寄っていた。

それで今しかないと腹を決めた。次の一撃は、もう避けられない。

「逃げろっ、逃げろっ」

房太郎は、渾身の力を込めて声を上げた。そして走り出した。後ろからばっさりやられたらどうにもならないが、何もしないで斬られるよりはましだった。

必死の思いで駆けて行く。幸い、後ろからの一撃はなかった。

ただすぐ後ろにも、足音が響いていた。斬られるのかと思ってちらと目をやると、植村だった。植村も逃げ出してきたのである。

どのような争いになっていたのかは、見る余裕もなかったが生きている。ただその一間半（約二・七メートル）後ろには、白刃を握った染谷が後を追っていた。

「あ、あそこに、小舟があります」

小さな船着場だ。逃げられる場所は、そこしかないという判断である。

「乗り込んだら、すぐに艫綱を切って」

叫んだ。自分は艪を握るつもりだった。膂力に自信はまったくないが、他に舫ってある小舟はない。二百石船で追うわけにはいかないから、水上に出てしまいさえすれば助かると考えた。

船着場に出て、房太郎が先に小舟に乗り込んだ。勢い込んでいたから、舟は揺れた。艪にしがみ付いた。植村も続いている。

ばしゃりと水が跳ねたが、同時に植村が艫綱を切っていた。房太郎は、全身の力をこめて艪を漕いだ。

小舟の揺れは収まっていなかったが、ふわりと前に出た。

このとき追いついた染谷が一撃を振るったが、数寸の差で刀身は届かなかった。

夢中で漕いでゆく。対岸を目指した。江戸川の西にも船着場や納屋、商家が並んで賑わっている。向河岸《むこうがし》と呼ばれ、関所もあった。

江戸川の横断は、体力のない房太郎にはとてつもなく遠い。途中で植村と代わった。

向河岸に辿り着くと、すぐに江戸行きの船を探した。三百石積みの弁才船に乗り込むことができた。赤黄色の西日が、関宿城と川に面した家並みを照らしていた。

青山が沼津藩下屋敷に捕えられて、四日目の日が沈もうとしている。

「急げ、急げ」

房太郎は声に出して、何度も言った。

三

沼津藩の殿岡に、返答をしなくてはならない五日目がやって来た。

朝の読経の折、京の顔色はよくなかった。つわりはきついらしかった。しかし二人だけになると、話題にしたのは久保田河岸へ行った植村と房太郎のことだった。

「無事に、お役目を果たしているでしょうか」

「大丈夫だ。あやつらは、一人では漏れがあるが、二人となると力を出すことができる。吉報を待つしかあるまい」

これしか、伝えられる言葉はなかった。

たとえ成果がなくても、できる限りのことはするつもりだった。二本松藩の廻米が、今日明日にも届くことは間違いない。

大横川河岸の船着場と駿河屋付近には、家臣二名ずつを潜ませていた。山野辺にも、折々回ってもらうようにしていた。広瀬は沼津藩の各藩邸を、配下に見張らせている。何かあれば、すぐに知らせがあるはずだった。

「高岡藩の今後と廻米の行方、そして青山の命が左右される正念場です。これは一万石が老中を敵に回しての闘いです。しっかりなさいませ」

いつもの口調でやられた。

「分かっておる」

むっとした口調になったのが、自分でも分かった。とはいえ、何かを言い返したわけではない。ただ腹の底は熱くなっていた。「一万石が老中を敵に回す」という言葉が、胸に沁みている。

しくじれば、高岡藩はこのままでは済まない。

「つわりはどうか」

と尋ねた。よいわけでないのは、分かっている。

「軽くはありません」

どきりとして、正紀は京の顔を見返した。こんなに直截に、己の弱みを見せるとは思わなかったからだ。

「あなた様の掌を、お腹に当ててくださいませ」

ややむっとした顔で言った。

「そ、そうか」

京は自分に甘えたのだと気がついた。傍に寄って左手で肩を抱き、右手を京の腹に当てた。

まだ赤子の実感はない。ただ温もりがあるばかりだが、馴染んだ体のにおいはあった。

「落ち着きまする」

頭を正紀の肩に載せて、京が言った。正紀も同じだった。

けれども、いつまでもそうしていられるわけではなかった。いつ何かの知らせがあるか分からない。


御座所に入って、知らせがあるのを待った。すると九つ近くになって、駿河屋の見張りをしている家臣の一人が、屋敷へ駆け込んだ。

佐名木と一緒に、報告を受けた。

「飛脚が、店に書状を届けました。山野辺殿が居合わせたので、問いかけました。下野の久保田河岸からの書状と分かりました」

至急の飛脚だった。

「廻米が調い、彼の地を出るという知らせではないか」

正紀が言うと、佐名木も頷いた。

「それで、番頭の笹之助が、沼津藩下屋敷へ急いだ様子で出向きました」

ここまでを見届けて、伝えに来たのだった。

「上屋敷ではなく下屋敷か。すると殿岡は、すでに下屋敷に詰めているわけだな」

「荷が江戸へ運ばれて、そう間を置かず屋敷へ移そうという腹ではないでしょうか」

「であろうな」

　仕入れた廻米を、留め置くなという触《ふれ》も出されている。やつらにしたら、市中取締諸色調掛の調べが入る前に移動を済ませたいところだろう。

　それで吉田藩の広瀬にも、事情を伝えた。そしてさらに半刻も過ぎた頃、植村と房太郎が旅を終えて屋敷へ駆け戻って来た。

　房太郎はやつれて見えたが、目だけはぎらついていた。

「ご苦労であった」

　正紀と佐名木は、早速二人の報告に耳を傾けた。

　江戸を発って久保田河岸へ行き、さらに阿久津河岸まで出向いたこと。安積屋の手代を襲い、懐の書状を見たこと、その内容などを伝えて寄こした。関宿で宇多吉と染谷に襲われた顚末や、龍王丸や権現丸という船名も知らされた。

　その中で最も肝心なのは、運ばれる先が大横川河岸の納屋ではなく、小名木川河岸の深川猿江町の納屋だということだった。船の到着は、遅くとも夕刻あたりだろう。

「よし。よくやった」

　正紀は、二人にねぎらいの言葉をかけた。佐名木も頷いている。

　植村と房太郎は、これで顔に笑みを浮かべた。ただ植村は、わずかに顔を曇らせた。

「宇多吉や染谷らは、私たちを逃がして悔やんでいると思います。江戸に知らせてきているとと思われますが、納屋を替えることはないでしょうか」

そうなると、せっかく探り出したことが水の泡になると考えたようだ。

「いや、替えることはあるまい。その方らが安積屋の手代の持つ書状を盗み見たと知らないならば、このままでいいはずだ」

佐名木が言うと、ほっとした顔になった。

「宇多吉にしても染谷にしても、こちらがどこまで気づいているかは分からないでしょうね」

房太郎も言った。

「ならば変更はあるまい」

というのが一同の判断だった。

「では、その地を確かめに行こう」

見張り役の家臣三人と、植村、房太郎を伴って、深川猿江町へ向かった。同時に、山野辺と広瀬にも事情を伝える使いの者を出した。

彼らは知らせが来るのを待っている。すぐに動ける態勢だ。

正紀の一行は神田川で船に乗り、大川を越えて小名木川に入った。猿江町は小名木川と大横川が交じわる、その先にあった。大勢で行けば目立つから、房太郎だけを伴って、正紀は河岸の道に立った。

古い武家屋敷に挟まれて、鄙びた町があった。しもた屋と空き地、納屋などが目についた。さらに東へ行けば田圃となり、そこには広大な御材木蔵もある。

「あれですね」

房太郎が指さした。

納屋は河岸に沿っていくつかあったが、千俵の米を入れられそうな代物は一つしかなかった。番小屋がついていて、番人らしい中年の男がいた。二人は傍に寄って、房太郎が問いかけをした。

「ここの納屋は、空だったのではないですか」

確かめてはいないが、これから入れるならば当然だという判断だ。

「ああ、そうだよ。今日、明日にも荷が入る」

番人は、昨日から詰めていると言い足した。

「なるほど、ならば今すぐにでも荷船が来そうですね」

「そのときは、知らせが来るようになっている」

「番人さんも、たいへんですね」

と房太郎はご機嫌取りの言葉を挟んだ。

「それはそうだが、手間賃を貰うんだから仕方がねえさ」

「たっぷり貰ったんですね。羨ましい。いったい、どちらの荷なんですか」

確かめたいのはそこだ。

「京橋の、駿河屋とかいう絹物を扱う店だ」

番人は、あくまでも下手に出る房太郎を警戒している様子はなかった。丸眼鏡をかけて、いかにもひ弱な体つきは、何かを仕掛けてくるようには見えないのだろう。

「じゃあ、しばらくはここで、番人を続けるんですね」

「昨日から、明後日までだ。その先のことは知らねえ」

荷が着いたら、一両日中にも運び出す予定なのだと知った。ここでも、安積屋の手代が持っていた文の内容と重なる。

納屋を見渡せる対岸に、しもた屋があった。そこからなら、納屋の様子がよく見えた。この家の者に交渉して、川に接した一室を借りることにした。ここから昼夜を分かたず、家臣らと交代で見張りをする。

四

しもた屋に潜んで四半刻ほどで、まず山野辺が河岸道に姿を現した。すぐに房太郎が出て行って、見張っているしもた屋に呼び入れた。

そして深編笠を被った広瀬も、やって来た。

しもた屋の一室で、正紀は山野辺と広瀬に分かっていることのすべてを伝えた。

「あそこならば、千俵の米を入れるのは訳ないでしょう。番人が雇われたのは、明後日まででございましたな」

「そうだ。いったん入れた後、明後日までに運び出すつもりだろう」

広瀬の言葉に正紀が応じた。

「市中取締諸色調掛には、仕入れた後にすぐに売ったと伝えるわけですね」

「そうだろう。品がなければ、囲米をしていることにはならぬ。どこへ売ったかまでは、調べの対象になっておらぬ」

房太郎の言葉に、山野辺は忌々《いまいま》しそうに応じた。

「大横川の納屋周辺には、まだ人を置いて、見張る形を取っております。それはこのまま続けさせます」

「こちらは、猿江の納屋に気づいていないと思わせておくわけだな」

広瀬も、なかなかにしたたかだった。

一同は、固唾を呑んで納屋に目をやる。何事もない船着場に見える。しかし半刻ほどすると、二人三人と人影が現れた。日が西空に傾いて黄色味を帯びてきた頃だ。

「あれは、荷運びの人足たちですね」

植村が言った。駿河屋が手配をした者たちだと思われた。千俵の米俵の荷下ろしには、人手がいる。

五百俵ずつを積んだ龍王丸と権現丸は、植村らよりも遅れて関宿を出ているのは間違いないが、順当ならばそろそろ江戸に着いてよい頃だった。駿河屋では、それを踏まえて集めたはずである。

二十人ほどが集まったところで、一つ手前の船着場に小舟が接岸した。降り立ったのは、与一兵衛と笹之助だった。二人は番小屋へ入った。

さらに人足たちが集まってきた。三十数人にまでなった。

「ああ、参りましたぞ」

藩士の一人が言った。一同がまっすぐに伸びる川の東へ目をやった。帆船だが、すでに帆は下ろされている。二百石の船が近づいて来る。荷には幌がかけられているが、米俵なのは明らかだった。

「あれは、龍王丸です」

目のいい植村が言った。船影に覚えがあるらしかった。

船は人足たちの待つ船着場に接岸した。船首に龍王丸の文字が見えた。「おおっ」という声が上がって、人足たちが集まった。番小屋から与一兵衛や笹之助も姿を現した。

まず船から降りたのは、宇多吉と染谷だった。それから中年の商人ふうが降り立った。周囲を見回している。

「あれが九兵衛です」

房太郎が言った。与一兵衛と笹之助が、これに近づいた。頭を下げ合っている。親しくはないが、初めて会ったのでもないといった印象だった。

九兵衛が懐から紙片を出して、与一兵衛に渡した。与一兵衛は紙を広げて中を検めると、懐へ押し込んだ。

「あれは、安積屋からの荷の送り状でしょう」

房太郎が言った。

笹之助と宇多吉が、人足たちを指図して荷下ろしが始まった。すでに納屋の戸は開けられている。

人足たちは手慣れているが、それでも一人一俵しか担えない。同じ動きを繰り返すことになる。笹之助が、綴りを手にして数を確認してゆく。

与一兵衛は満足そうに、その様子に目をやっていた。

慣れているとはいえ、すべてを収めるのに多少手間取った。終わるとすぐに龍王丸はその場から引き上げた。

そして一休みした頃に、権現丸が姿を現した。

腰を下ろしていた人足たちが立ち上がり、荷運びが再開される。人足たちもさすがに疲れるらしく、後の船からの荷下ろしは、前よりも手間取った。しかし日が落ちる前に、荷を下ろすことができた。

笹之助は、最後の一俵まで数の確認を慎重に行った。数が合ったのだろう、ほっとした顔で与一兵衛に耳打ちをした。

その傍らには、九兵衛が立っている。三人はここで頷き合った。

ここで与一兵衛が、懐から二通の書状を取り出した。それを九兵衛に手渡した。番屋から提灯を持ってきて、中身を検めているようだ。

その上で、懐に入れた。

「あれは受領証と、どのように売るかを記した書状に違いありません」

その文書は、安積屋太左衛門が求めているものだ。

「あれを奪わなくては、話にならぬな」

正紀が言うと、一同が頷いた。

龍王丸も権現丸も、安積屋の持ち船ではないから、用が済めばこの場から去って行く。こちらは船に用はない。これから江戸を去る九兵衛の動きを追う。

「拙者は、手の者を揃えて浜町河岸付近に潜むことにいたします。早ければ、今夜にも搬入があるやもしれませぬからな」

広瀬が言った。沼津藩邸に入られてしまっては、調べようがなくなる。搬入を阻止し、囲米の存在を明らかにしなくてはならない。

「あの書状を手に入れ次第、我らも加わり申す」

正紀が応じると、広瀬はこの場から引き上げていった。また荷がこれからどうなるかは分からないので、藩士三名はここに残すことにした。

正紀と山野辺、それに植村と房太郎が、九兵衛をつけて行く。

見ていると、与一兵衛と笹之助が乗ってきた小舟に、九兵衛も乗り込んだ。大川方面に向かって行く。宇多吉と染谷はこの場に残った。

正紀もこういうことがあろうかと、小舟を離れた場所に舫っていた。四人でそれに乗り込んだ。

「九兵衛は、駿河屋にでも泊まるのでしょうか」

そう言ったのは植村だ。そうなると、今日中の襲撃ができなくなる。事を大きくせずに、証文を奪わなくてはならない。

「いや、今ならば関宿へ行く六斎船に間に合います。それに乗るのではないでしょうか」

房太郎の予想だ。用が済めば、長居は無用という考えだ。九兵衛にしてみれば、無事に運び終えれば、それで役目は終わる。あとのことはどうでもいいだろう。

「殿岡に、藩としての返答をするのは、今日まではないか」

そう口にしたのは山野辺だ。その返答次第で、青山の命と高岡藩のこれからが変わる。

「いかにも。だが沼津藩下屋敷での囲米が明らかになれば、青山どころの話ではなくなるぞ」

正紀はそこに賭けている。

与一兵衛らの乗る舟は、大川へ出た。川を越えて駿河屋へ向かうかとも思ったが、そうはしなかった。

両国橋方面へ向かった。六斎船は、両国橋東橋袂下にある船着場から出航する。房太郎の予想が当たった。

どのようなやり取りがあったかは知る由もないが、両国橋下の船着場で九兵衛だけが船から降りた。与一兵衛らの船は、大川の西河岸へ向かった。

すでに六斎船は着岸していたが、出航にはやや間があるらしかった。九兵衛は東両国の広小路に出た。

食べ物でも誂《あつら》えようとしたのかもしれない。

何度も江戸へ出て来ていて、旅慣れている様子だった。正紀らも舟から降りて、後を追った。そして東両国の広小路で、山野辺が声をかけた。

すでに日は西空に沈もうとしている。広小路には、明かりを灯した屋台店がいくつも出ていた。

「その方、二本松藩の廻米を扱う安積屋の者だな」

冷ややかな口ぶりで言った。改めて身分は口にしないが、腰に差している十手に手を触れていた。

「えっ」

驚きの目を向けた。後ろめたさがあるからか、体を強張らせもした。

「ちと付き合ってもらおう。このような場所での立ち話では、用が足りぬからな」

山野辺が告げると、九兵衛はこの場から逃げようとした。しかし正紀や植村、房太郎が周りを囲んでいる。

「ど、どのような御用で」

「たった今、駿河屋から受け取った書状を見せてもらおう」

「は、はて。書状など、何も受け取っていませんが」

九兵衛はとぼけた。

「素直に出すか、押さえつけられて取り上げられるか、どちらでもよいぞ」

面倒なやり取りはしない。どうであれ、書状は手に入れる腹だ。

青ざめた顔の九兵衛は、山野辺の気迫に負けた。町奉行所の与力が相手では、逆らえばかえって面倒だと覚悟を決めたようだ。

懐から書状を取り出した。

明かりを灯す商家の店先まで行って、書状を広げた。九兵衛は逃がさないように、剛腕の植村が帯をつかんでいる。

正紀は書かれた文字に目を走らせる。与一兵衛の署名がなかったり、沼津藩や殿岡に関する記述がなかったりしたら、この先手間取ることになる。

しかしそれは杞憂《きゆう》に終わった。

仕入れた千俵の売り方についての記述が、予想通りなされていた。仕入れてすぐに二百俵を売る。残りの八百俵を、殿岡武左衛門様の手蔓《てづる》でしかるべき場所に置く。それがさらに高値で売られた段階で、そのときの値を基準にして支払いをするという旨が記されていた。

今日の日付で、与一兵衛の署名もあった。

「これは儲けた分を、殿岡と駿河屋、安積屋で山分けするという内容ではないか」

正紀が言うと、九兵衛は首を横に振ることができなかった。

「その方らは、貴重な廻米を囲い込んで私腹を肥やそうとしたことになるぞ。見逃すわけにはゆかぬ」

本来ならば鞘《さや》番所と俗称される深川の大番屋へ送るところだが、それだと駿河屋へ漏れる虞がある。そこで本所梅島《うめじま》にある、高岡藩の下屋敷の牢に入れておくことにした。

植村に連行をさせた。

「しかしな、これでは完璧とはいえないぞ」

山野辺が言った。殿岡の名はあっても、「しかるべき場所」で沼津藩との記載はなかった。知らぬ存ぜぬで押し通されたら、どうにもならない。

「やはり屋敷への搬入の場を押さえるしかないぞ」

正紀は言った。広瀬と合流して、待ち伏せる腹だ。

房太郎には、植村と共に猿江の納屋を見張らせることにした。

五

深川猿江町の納屋の番小屋に、異変は起こらない。房太郎と下屋敷から戻った植村、それに高岡の藩士たちは、交代で寝ずの番をするつもりだった。

房太郎はじっと船着場と納屋のあたりを見詰めている。とはいっても、番小屋には明かりが灯っているから、今夜何かあるのではと房太郎は思っていた。

見張っていた藩士に聞くと、宇多吉や染谷はまだ残っているというからなおさらだ。

ここから移すのが八百俵だとしても、数人だけでの荷積みは無理だ。しかし人が集まる気配はなかった。

ふと気がつくと、植村が舟を漕いでいる。房太郎も、じっとしていると睡魔が襲ってきた。

考えてみれば、満足に寝ていない。寝床に入ったのは久保田河岸の旅籠でだが、寝付いたのは遅かったし、起きたのは暗いうちだった。

毎日、町を歩くことはしていた。しかしこの三日間は、これまでにない日々だった。激流の船にも乗り、船端にしがみ付いた。腕にも足にも痛みがあった。

眠ってしまいそうになるたびに、目をこすった。それでも、いつの間にか眠りに落ちていた。どれくらい意識がなかったかは分からない。

体を揺すられた。高岡藩の藩士だった。

はっとして窓の外に目をやる、異様な光景に息を呑んだ。眠気はすっ飛んでいた。

船着場と納屋の前で篝火が焚かれている。川面には、三十石積みの荷船が十艘ほど停まっていた。米俵が、積み込まれている。

大型船では、浜町堀の入り堀に入れない。三十石積みの荷船がぎりぎりのところだ。満載にしても十艘は必要だろう。

荷下ろしのときと同じくらいの数の人足が動いている。しかし誰一人、掛け声を上げなかった。昼間とは、まるで違う。黙々と荷を運ぶ様子は、異様だった。

「近所に気づかれないように、しているわけか」

起き出した植村も、驚愕《きょうがく》したような目を向けていた。

「やはり今夜中に運ぼうとしたわけですね」

見ていると、一艘目が積み終わろうとしていた。

「よし。我らは、浜町堀へ知らせに行こう。貴公らは、最後の船に続いてもらおう」

植村は残る三人の藩士に言った。これは打ち合わせていたことだ。小舟を二艘、やや離れた場所に停めている。荷船の最後を追うのは、万が一浜町堀へ行かなかった場合に知らせる役目をする。

「では」

房太郎と植村は、しもた屋を出た。丁度そのとき、一艘目の船が船着場を出た。大川方面を目指して出立した。

続けて二艘目の荷積みが始まっている。

満載の船だが、速やかに進んでゆく。船上に与一兵衛と染谷の姿が見えた。気がつかないうちに、与一兵衛が納屋へ戻っていたのだと知った。房太郎と植村は、離れた河岸に舫っていた小舟に乗り込んだ。

浜町堀の入り堀に接した日本橋住吉町裏河岸のしもた屋には、正紀と山野辺、それに広瀬が潜んでいた。他に広瀬の配下である吉田藩士五名も、近くのしもた屋に身を隠している。

それぞれに、龕灯や高張提灯《たかはりぢょうちん》の用意もしてあった。

夜は更けている。しんとして音もない。そろそろ町木戸が閉まる夜四つになる頃と思われた。入り堀はもちろん、浜町堀も闇に包まれている。河岸道は、すでに酔っ払いも通らなくなった。

「今日は、殿岡殿に返答をする日でございましたね」

広瀬が言った。正紀もそれは分かっていた。

今夜荷運びがあってその場を押さえられればいいが、押さえられなければ申し出を無視したことになる。向こうにしてみれば切り札だから、青山を簡単には殺さないと予想する。しかし状況によっては、どう出てくるか分からない。

じりじりした気持ちで建物の外へ出た。闇に身を潜めて、浜町堀に目をやった。水面に何の変化もない。それでもじっと待った。

そのとき夜四つを告げる鐘の音が、空に響いた。そしてほぼ同時に、川面に微かな波が立った。正紀は、闇に目を凝らした。

何かが近づいて来る。黒い船影だった。

「来たな」

胸の内で呟いた。入り堀に戻って、もとのしもた屋に入った。

「来たぞ」

声を抑えて伝えた。艪の音が、微かに響く。入り堀に米俵を満載にした荷船が入ってきた。一艘目だ。次の船は見当たらない。

船着場に接岸されると、まず与一兵衛と染谷が降りた。与一兵衛は、門扉を叩いた。まずは三つ、そしてやや間を置いてからまた三つ続けた。声は出さない。それで中には伝わったらしかった。

軋み音を立てて、門扉が内側から開かれた。すでに用意してあったらしい篝火が、敷地に入ってすぐの場所と船着場に立てられた。

そのときには、船に板が渡され荷下ろしができる状態になっていた。屋敷内から人が現れた。ざっと見ても十人以上はいる。中間だけではない。普段は腰に二本を差している軽輩の者も交っていた。

荷下ろしが始められたのである。

「やつら声を出さぬな」

「あくまでも内密裡に、やり通すつもりでしょう。許せぬことでございます」

正紀の言葉に広瀬が応じた。廻米の政策が、老中の屋敷で乱されようとしている。その現場を日の当たりにして、言葉に憎悪がこもっていた。

米俵は、黙々と屋敷内に運ばれてゆく。無駄な動きをする者はいない。門扉の内側に篝火があるが、その先は闇だ。その闇の奥に、米俵が呑み込まれてゆく。運んでゆく者の中には、染谷や須栗の姿もあった。

「我らも押し込むか」

そう言ったのは山野辺だ。押し殺した声だが、これにも怒りがある。じっとしてはいられない気持ちなのだろう。

「いや、まだだ。次の船が入り堀に入ってからだ」

大川から浜町堀に入る河口には、佐名木が高岡藩士を率いて詰めている。入り堀には他への出口がないから、いったん入った荷船は、ここを塞いでしまえば袋の鼠だ。

猿江からは、十艘あまりの荷船がやって来る。少しでも多い荷船と共に、現場を押さえたいと考えていた。

「おお、殿岡の姿も見えますぞ」

広瀬が言った。開かれた門扉の陰で、篝火の当たらないところに身を潜めていた。

与一兵衛と何か話している。

八百俵の入庫を、目で確かめるつもりだ。

「あの二人は、何があってもこの場で捕えなくてはなるまい」

正紀が言うと、山野辺と広瀬が頷いた。

半分を下ろしても、まだ次の船は来ない。じりじりとしながら、到着を待った。

「あの一艘分の荷をすべて下ろしたら、今夜はそれで扉を閉めてしまうのではないでしょうか」

不安げな声で広瀬が言った。ここでやめられたら、せっかくの機会を失うことになる。広瀬はそれを怖れたのだ。

「いや、来る。これで終わりならば、殿岡と与一兵衛が顔を出すまい」

正紀の言葉が終わらないうちに、黒い船影が入り堀に入ってきた。二艘目の船だ。一艘目は、三分の二を下ろしている。三艘めも、これくらい時をおいて到着するだろう。丁度いい頃だと思われた。

「いくぞ」

声をかけると、潜んでいた者たちは、いっせいに沼津藩の船着場へ駆け込んだ。正紀は大音声《だいおんじょう》でこの場にいる者たちに告げた。

「神妙にいたせ。これは駿河屋が仕入れた二本松藩の廻米である。それを何故、沼津藩の屋敷内に入れるのか。しかもこのような夜更けに。それを明らかにいたせ」

この声で、荷運びをしていた者たちの動きが止まった。正紀は言葉を続ける。

「囲米にいたすというならば、ご政道に歯向かうことになるぞ。また屋敷内を検めなくてはなるまい」

ここで高張提灯が立てられた。吉田藩の者たちだ。そして龕灯の明かりが、殿岡の顔を照らした。

「お、おのれっ」

眩しさと驚愕で、殿岡の顔が歪んでいる。沼津藩の者たちは、荷運びどころではなくなった。

「門扉を閉じよ」

叫んだ殿岡は、屋敷内へ逃げ込もうとした。与一兵衛も同様だ。

しかしそれはさせない。広瀬が殿岡の行く手を塞いだ。脇から走り出た山野辺は、与一兵衛の腕を摑んだ。

「やっ」

山野辺は与一兵衛の下腹に当身を入れた。

「ううっ」

気を失った与一兵衛の体は、そのまま門前で崩れた。門扉は、そのまま閉じられてゆく。山野辺が駆け寄ろうとしたが、抜刀した須栗が襲いかかった。

一撃を、抜いた刀で払い上げるのが精いっぱいだった。門扉には近寄れない。

「おのれ」

正紀が、門に駆け寄る。閉じさせてしまっては面倒だ。だがその前に抜刀した染谷が現れた。何があってもどかないぞという気迫が、全身に漲《みなぎ》っている。

このままでは門扉は閉じられてしまう。

だがそこへ、巨漢の侍が米俵二つを抱えて現れた。閉じようとする扉の間に、どさりとそれを置いた。これでは扉を閉じられない。

巨漢の侍は植村だった。他の者ではできない働きだ。

沼津藩士の一人がこれをどかそうとしたが、すぐにはできない。近寄った植村が、握り拳を突き出した。

「わっ」

藩士の体がすっ飛んだ。

「くたばれっ」

このとき染谷が、正紀への一撃を肩先目がけて振り下ろしてきた。風を斬る音が耳を突き刺した。植村に気を取られて、防御に隙が出ていたのは間違いない。刀を斜めにして、避けるのがやっとだった。

染谷の刀身が、角度を変えて迫ってきた。今度は肘だ。正紀はまだ体勢を立て直せていなかった。軸足を踏ん張って、これもどうにか払い上げた。しかし攻撃には転じられない。

今度は喉元を突こうという攻めだ。こちらに生まれた隙を逃さない。

体を斜めにして、右足だけ引いた。直後、刀の先を正面に伸ばした。届く距離ではないが、相手は踏み込んでくる。そのまま突き込まれれば大怪我をするが、こちらの切っ先は相手の心の臓を突く。

染谷はそれを嫌がって、体の向きを微妙に変えた。迫ってくる刀身の勢いが、明らかに削がれた。

初めて正紀にも、攻めの好機がやってきた。

擦れるように刀身がぶつかった。その直後、こちらの切っ先が直前にある相手の小手を捉えた。

微かな手応えがあった。手の甲から血が跳ねた。しかし浅手で、刀を落とすほどではなかった。

相手は後ろに下がり、崩れかけていた体の均衡を正した。

正紀はその隙を逃がさないつもりでいたが、こちらの体勢も万全とはいえなかった。打ち込んだのはほぼ同時で、きんとぶつかった刀身同士が火花を散らした。

膂力では互角だったはずだが、手の甲の負傷で相手の刀身に力がない。正紀はそれを跳ね上げて、体を横に回り込ませた。

「とうっ」

一気に振り下ろした。大ぶりではなく、狙いを定めた一撃だった。

「うっ」

染谷は呻き声を上げた。正紀の刀身は、相手の右の二の腕をざっくりと裁《た》ち割っていた。刃先が、骨をかすった感触があった。

もう刀を握ってはいられない。染谷の手から、刀が落ちた。よろよろと前に出て、つんのめって転んだ。

反撃のできなくなった相手に用はない。正紀は周囲に目をやった。閉じ切れていない門や潜り戸から、沼津藩士が飛び出してきていた。

「わあっ」

悲鳴が上がった。広瀬が対峙していた須栗の肩に一撃を与えたところだった。これで腕利き二人が倒されたことになる。

ここで広瀬が、声を上げた。戦いを済ませた直後でも、息を切らせていなかった。

「これ以上騒ぎを、大きくしたいか」

あたりに、響く声だ。沼津藩士も吉田藩士も動きを止めている。広瀬は続けた。

「ここには高岡藩世子井上正紀様、それがしは三河吉田藩士広瀬清四郎、そして北町奉行所与力の山野辺蔵之助殿もおいでだ。このままでは、沼津藩はただでは済まぬぞ」

凛とした、力のこもった声だ。

正紀が引き継いだ。

「こちらには、与一兵衛が安積屋の主人に宛てた書状がある。これには二本松藩の廻米を駿河屋と沼津藩士殿岡武左衛門とが囲米にしてしかるべき場所に置くと記されている。その場所こそがここだ。この米俵は、猿江の駿河屋が借りた納屋から運ばれたものだ」

「くそっ」

沼津藩士の中で、正紀に打ちかかってこようとする者がいた。他にも身構えた者は少なくない。だがここで、違う声が上がった。

「ひかえよっ」

これを口にしたのは、山野辺によって逃げ場を失っていた殿岡だった。意を決した声だ。龕灯の明かりは、強張った顔を照らしている。

「この囲米については、それがしの一存で、駿河屋と図ったものである。沼津藩としてなしたものではない」

と告げた。

藩の不祥事とされる前に、殿岡は己の罪として幕引きをしようと図ったのである。

「藩主や重臣は、関わらぬというのだな」

「さよう。この下屋敷の差配は、それがしが任されていた」

正紀の言葉に、殿岡は応じた。

「ならば中を検める。門を開けよ」

広瀬は堂々としている。相手に不正があるとはいえ、当主が老中を務める三万石の大名家を相手にしての発言だった。もちろん、屋敷内に数千俵の囲米があると踏んでいるからこそできることだった。

もし囲米がなければ、広瀬が腹を切るだけでは済まない。

植村が置いた米俵がどけられ、門扉が開かれた。この段階で、吉田藩邸と北町奉行所には知らせを送っていた。

正紀と広瀬は、下屋敷内の納屋という納屋をすべて検めた。軽輩が住む長屋の中も同様だ。

次々に、山積みされた米俵が現れた。

「すべてを合わせると、七千俵になります」

「今回の廻米を加えて、七千八百俵だ」

浜町堀の河口に詰めていた佐名木は、猿江から来た荷船のすべてを捕えていた。囚われの身だった青山は、解放されている。

「この中には、高岡藩や府中藩の米も含まれているわけだな」

俵の山を見詰めて、青山は言った。植村と房太郎が、その言葉に大きく頷いた。

気がつくと空は明るくなっていて、小鳥の囀りがどこからか聞こえてきていた。

六

翌々日、松平信明が高岡藩上屋敷へ正紀を訪ねてきた。暦はすでに三月になっている。桜の蕾も膨らんで、いつ開花するかと人々の口の端に上る頃となった。

信明が藩邸に訪ねて来るなどこれまでに一度もなかったので、知らせがあったときには驚いた。

客間の上座に招き入れて、対面をした。

「二本松藩の廻米については、ご苦労でござった」

相変わらず、心中を窺わせない無表情だが、ねぎらいの言葉であるのは明らかだった。そのまま続けた。

「ご老中首座の松平越中守《えっちゅうのかみ》（定信）様も、ご満足しておいでてござる」

どこかに冷ややかさがあるのは常だが、敵意を向けてきているのでないのは分かった。

「畏れ入りまする」

無難な返答をした。

こほんと、小さな咳ばらいを一つしてから、信明は本題に入った。

「二本松藩の廻米を沼津藩下屋敷に隠し、値上がりを待って売ろうとした振る舞いは許しがたい。ご公儀の政に挑む不届きである」

「まことに」

安積屋の九兵衛から奪った文書は、信明の手から定信のもとへ届いているはずだった。

「そこで松平越中守様は、水野様に問いかけをなさった。すると水野様は、まったくご存じのないことだったと明らかになった。たいそう驚きのご様子であった」

「さようですか」

驚いたわけではなかった。この程度のことは予想をしていた。

定信にしても信明にしても、水野忠友に関与がなかったとは考えていないだろう。そもそもそうならば、たとえ下屋敷であろうと、七千俵もの囲米があることに気づかないはずがない。

白々しい出まかせを口にしたことになる。そして聡明な定信と信明は、それを受け入れた。

現職の老中を、定信の出した触《ふれ》を無視して不正な利を得ようとした者として、公にするわけにはいかない。公儀の威信は地に落ちる。

定信にしても信明にしても、何よりも重んじるのは公儀の威信だ。それを踏まえた言葉として、正紀は聞いた。

「水野様は、殿岡に切腹を命じられた」

すでにこの世の者ではないと付け足した。蜥蜴《とかげ》の尻尾切りには違いないが、他に手立てはない。

「水野様にも、何かご処分があるのではありませんか」

「それは当然でござる。水野様には、老中職を退いていただくことになるであろう。それは上様もご承知のことだと聞いており申す」

家斉公が認めているならば、間違いないだろう。この日よりも後の話になるが、水野忠友は三月二十八日に老中を免職となる。

「沼津藩下屋敷にすでにあった囲米と新たな千俵は、とりあえずご公儀の米蔵に収められる。遠からず、市場に出るであろう」

「それは何より」

「今後の廻米については、目を光らせることになる」

これで廻米の苦労が報われる。

信明は、伝えるべきことを口にすると、腰を上げた。型通りの挨拶と用件だけしか口にしない者だ。しかし立ち上がったところで、思い出したといった様子で口を開いた。

「京殿には、ご懐妊をなされたと聞いた。目出《めで》たい話でござる」

ここで初めて、微かな感情の現れた顔をした。正紀は伝えていないから、正室の暉から聞いていて、祝いの気持ちを述べたのだと解釈した。

「ありがたき、お言葉」

正紀は深く頭を下げた。

今回の件では、目的が一致して手を組んだが、もともと政に関する考え方はまったく違う。

次にはどのような出方をするか、見当もつかない。

玄関式台まで、信明を送った。すでに駕籠が用意されている。

その駕籠の傍に、片膝をついて控えている二十二、三歳の、凜とした姿の家臣がいた。広瀬清四郎である。

顔を見るのはあの折以来だ。目が合った。

広瀬も感情を見せない男だが、正紀に好意な眼差しを向けた。この家臣とも、また関わりを持つかもしれない。そのときは、敵か味方かは分からないが。

信明が引き上げた後、正紀は佐名木と話をした。交わした内容を伝えた上でだ。

「江戸廻米は、市中の米価を下げる策として、定信様と信明様が力を注がれております。それを無にするような行いを許しますまい。水野様は、老中という地位にいたことが藩と我が身を守ったことになるでしょうな」

一度下された裁断は、覆されない。

「ただ廻米や囲米については、抜け道を塞ぐような手立てを講じてもらわねばならぬ」

抜け穴があるならば、新たな政策を立てるのも一つの手だ。しかし定信も信明もそれはしない。

「しかし此度《こたび》のことでは、田沼様の政を引きずる水野様を、老中から外せるのは、都合のいいことでございましょう」

「水野様の後釜の老中は、どなたがなるのか」

「それは信明様の外にありますまい」

即答だった。正紀にしても、他の人物は思い浮かばない。信明が老中に就任するのは、水野が退いた後の四月四日だ。

幕閣の図式が変わって行く。

「これで水野様は、府中藩の継嗣問題に口出しはしなくなるでしょうね」

佐名木は話題を変えた。

「頼前様も叔母上様も、安堵なさるであろう」

夕刻になって、山野辺と房太郎が屋敷へ顔を出した。正紀と植村、それに青山が相手をした。

解放された直後、青山の顔色はよくなかった。だがそれは五日に渡って牢内に幽閉されていたからで、拷問《ごうもん》を受けたわけではなかった。取引の材料にするつもりだったから、利用価値がある間は、閉じ込めておくだけでよかった。

「何よりでございます」

房太郎は、青山の無事が何よりも嬉しいらしい。

今は前と変わらず、藩士としての役目を果たしていた。

駿河屋はどうなったのか。山野辺に尋ねた。

「与一兵衛や笹之助は、触《ふれ》には違反したが、物を奪ったり人を殺したりしたわけではなかった。仕入れた廻米を、取り上げるだけで済ませるようだ」

この件については、定信の意を受けた信明と南北の町奉行が打ち合わせをしたらしい。大きな話にしないという考えが、根っこにあった。

「しかし今の値で買った数千俵の米を取り上げられたら、いくら大店でも屋台骨はぐらつきますよ」

房太郎が言った。駿河屋が扱った米は、二本松藩の廻米だけではない。

「なるほど」

「安積屋にも、二本松藩が何か処罰を下すのではないではないか。藩としては、許しがたい行いだ。関わった国許の蔵奉行は、腹を切らされるだろう」

山野辺の言葉に、一同はため息を吐いた。

「お上が取り上げた廻米がすべて市中で売られたとしたら、米の値は下がるであろうか」

「七、八千俵では、数日下がったとしても、すぐに元に戻るでしょうね。ただここで利食いが出れば、米はもう少し出回ります。悪い兆しではありません」

房太郎の言葉を、信じたいところだった。

その後正紀は、京の部屋へ行った。信明と山野辺から聞いた話を伝えた。

「よろしゅうございました」

青山の無事を喜んでいたが、今日は違う話だ。府中藩の継嗣問題に、水野の口出しがなくなることである。

「だがそれで、丸く収まるわけではないぞ」

一揆再発の危険は消えていない。府中藩の政は、混沌としている。

「高岡藩とて、安泰ではございませぬ」

と気合を入れられた。これで気を抜くなと言いたいのかも知れない。米は天候に左右されるが、河岸場は違う。高岡河岸をどう活性化させるか、それは正紀に与えられた大きな課題だった。

「つわりはどうか」

顔を見たときから、調子がよくないのは分かっていた。

「よくありません」

恥ずかし気な表情になって呟いた。

「そうか」

正紀は京の体を抱き寄せて、腹に手を当てた。

「どうだ、治まったか」

しばらくしてから問いかけた。

「まだでございます」

「うむ。ならばこのままでいよう」

どれほど長くなってもかまわない。明日何が起こるかは分からないが、このひとときは心穏やかだった。

本作品は書き下ろしです。

双葉文庫

ち-01-36

おれは一万石《いちまんごく》
囲米《かこいまい》の罠《わな》

2019年3月17日　第1刷発行

【著者】
千野隆司《ちのたかし》

【発行者】
箕浦克史
【発行所】
株式会社双葉社
〒162-8540 東京都新宿区東五軒町3番28号
［電話］03-5261-4818(営業)　03-5261-4840(編集)
www.futabasha.co.jp
(双葉社の書籍・コミックが買えます)
【印刷所】
大日本印刷株式会社
【製本所】
大日本印刷株式会社
【CTP】
株式会社ビーワークス

【表紙・扉絵】南伸坊
【フォーマット・デザイン】日下潤一
【フォーマットデジタル印字】恒和プロセス

ISBN978-4-575-66938-1 C0193
Printed in Japan

雇われ師範・豊之助　借金道場

千野隆司

北町奉行・永田備前守正直の三男・豊之助は師の命でボロ道場の立て直しをはかるのだったが……。待望の新シリーズ第一弾！

雇われ師範・豊之助　ぬか喜び

千野隆司

ボロ道場に十数名もの新弟子志願者が訪れた。豊之助が賊から救った越中屋の指図らしい。喜ぶ豊之助だったが、思わぬことに……。

雇われ師範・豊之助　瓢簞から駒

千野隆司

刺客に狙われる若侍を助けた豊之助。事情も聞かず、道場に居候させたのだが、凶刃は豊之助にまで迫る！　人気シリーズ第三弾！

雇われ師範・豊之助　家宝の鈍刀《なまくら》

千野隆司

遺体に残された凶器は、豊之助の弟弟子がつねに腰に差していた家宝の脇差だった。真の下手人を捜す豊之助だったが……。

雇われ師範・豊之助　泣き虫大将

千野隆司

多大な被害を招いた神田上水決壊は人災か天災か⁉　普請奉行に頼まれ探索をはじめた豊之助は、驚くべき真相へ行きついた！

雇われ師範・豊之助　鬼婆の魂胆

千野隆司

居候の父子が狙う仇はどうやら江戸を騒がす火付け盗賊団の頭⁉　豊之助と北山は密かに探索を続けていた。大団円のシリーズ最終巻‼